Diogenes Taschenbuch 21893

de
te
be

Georges Simenon

Malétras zieht Bilanz

Roman

Deutsch von
Irmgard Perfahl und
Werner De Haas

Diogenes

Titel der Originalausgabe:
›Le bilan Malétras‹

Umschlagfoto: Wilfried Bauer

Deutsche Erstausgabe

100/90/43/1
ISBN 3 257 21893 1

1

Émile, dem Kellner im ›Cintra‹, fiel die kleine Abweichung auf, und er ging nicht weiter fehl in ihrer Deutung.

Als Malétras kurz nach fünf Uhr hinter den Bridgespielern Platz genommen hatte, war Émile wie gewohnt an seinen Tisch getreten. Und ebenso gewohnheitsmäßig hatte er gemurmelt:

»Guten Abend, Monsieur Malétras. Einen Impérial?«

Jules Malétras hatte nicht geantwortet. Er nahm sich nicht immer die Mühe zu antworten. Vielleicht achtete er bloß auf das Spiel der vier Herren vor ihm.

Im übrigen war das alles belanglos. Émile, mit seinen Gedanken schon beim Gast an Tisch 7, der langsam ungeduldig wurde, ging auf die hohe Bar aus Mahagoni zu, wo der Barkeeper eben ein Glas auf ein Silbertablett gestellt hatte; im Vorbeigehen drückte er eine Taste der Registrierkasse, riß den Kassenbon ab und hielt in seinem Schwung erst ganz hinten im Café inne, wo die Sonnenkringel auf der Täfelung zerflossen. In die Wand war ein kleines Faß eingelassen, Porto Impérial stand auf dem Etikett. Der Portwein rann, köstlich, rubinrot.

In diesem Augenblick öffnete sich die Tür zur Anrichte. Joséphine, die Küchenhilfe, trug eine mächtige

Platte Sardellenhäppchen herein, lecker mit hartgekochten Eiern belegt. Émile warf einen Blick zu Malétras hinüber, der nicht auf ihn achtete, häufte ohne weitere Hintergedanken rasch einen Teller voll Häppchen und stellte ihn zu dem Glas auf das Tablett.

»Hier, Monsieur Malétras.«

Malétras, sichtlich gedankenabwesend, fixierte zunächst verständnislos die Sardellen. Dann hob er den Blick zu Émile, der wie jeder Kellner von den Gästen mit der Zeit bloß noch als vertrautes Zubehör wahrgenommen wurde. Und es war, als gehe ihm plötzlich auf, daß dieser Émile, mit dem bonbonrosa, von Blattern gezeichneten Gesicht und den pastellblauen Augen, ein Mensch war. In Malétras' Augen glomm eine Frage auf, doch alsbald, wegen der Sardellenhäppchen auf dem rechteckigen Tablett, die ihm heute erstmals gereicht wurden, folgerte sein Verstand:

›Er ist ein Mensch, und weil auch ich ein Mensch bin, will er mir eine Freude machen.‹

Durchzuckte ihn dieser Gedanke tatsächlich, konnte sich innerhalb der kurzen Zeit, in der sich ein Sonnenstrahl von der Terrasse her in das Café stahl, so viel geändert haben? Jedenfalls schienen Malétras' Züge, was Émile noch nie an ihm bemerkt hatte, weicher zu werden, schien die Kinnpartie an Starrheit zu verlieren, als bemühte er sich zu lächeln.

Daß es wirklich zur Andeutung, gar halb zur Entstehung eines Lächelns kam, war nicht nur eine Illusion Émiles, eines einfachen Kellners. Denn in diesem Moment sah Dr. Verel, der Malétras unmittelbar gegenübersaß, von seinen Karten auf und war dermaßen überrascht, daß er später, wenn Malétras gegangen war, den andern unbedingt davon berichten wollte.

Émile wiederum griff sich im Vorbeigehen eine Zeitung, steuerte auf Tisch sieben zu und bot sie dem Gast dort an, der bestimmt auf eine Frau wartete und allmählich die Geduld verlor – Émile dachte immer noch an Malétras.

›Er muß Kummer haben, den Eindruck hab ich schon eine ganze Weile.‹

Er stellte sich darunter nicht Liebeskummer vor. Auch keine Geldnöte, denn ganz Le Havre wußte, daß Malétras reich war und sich vom Geschäftsleben zurückgezogen hatte. Welcher Verdruß kann einen reichen Mann von sechzig Jahren heimsuchen? Ist nicht das große Desaster die ernste Miene des Arztes, der, während man sich wieder anzieht, erklärt:

»Na, mein Lieber, das Herz will nicht mehr so recht… Wir müssen wohl…«

Oder die Leber. Oder die Nieren. Wenn man krank ist, betrachtet man die Leute anders, versucht ihre kleinen Nöte zu erraten, bemitleidet sie. Zuweilen gehen Menschen, sobald sie wissen, daß es mit ihnen zu Ende geht, mit jedermann sehr sanft um, auch mit Tieren, auch mit Gegenständen…

So sinnierte Émile vor sich hin, und eigenartigerweise ging Malétras sekundenlang, während er mit den Augen der weißen Kellnerjacke folgte, die Frage durch den Kopf:

›Wie sieht wohl sein Privatleben aus? Hat er Frau und Kind, eine Geliebte? Hat er ein Laster?‹

Es war Anfang Mai und Samstag. Im ›Cintra‹ herrschte auch samstags kein Gedränge wie in den großen Cafés. Obwohl mitten in der Stadt gelegen, blieb es eine Oase der Stille, mit seinem etwas steifen Rahmen, der ganz nach Malétras' Geschmack war: mit der dunklen Holztäfelung, dem Kupfer und Zinn überall. Das Sonnendach über den drei oder vier als Tische dienenden Fässern auf der Terrasse war von einem tiefen Rot. Nachmittags um fünf schien die Sonne nicht mehr prall darauf herunter, und die Luft war gerade warm genug, daß man sich gelegentlich über einen kühleren Luftzug freute.

Malétras nahm all das, auch sich selbst, wie in einem Spiegel wahr. Im Augenblick sah er sich zum Beispiel ein bißchen wie die zentrale Figur der ›Stempelmeister‹, von denen er seit vierzig Jahren eine Reproduktion im Eßzimmer hängen hatte.

Da saßen sie, in einer Ecke des ›Cintra‹, in ihrer Ecke, die täglich für sie freigehalten wurde, fünf Männer reiferen Alters, von Rang und Namen, die mehr oder weniger mühevoll des Lebens steilen Weg erklommen hatten und sich nun auf dem Gipfel befanden.

Wer mochte der etwa dreißigjährige Mann dort sein, der, obwohl er der Wanduhr gegenübersaß, ständig nach seiner Uhr sah und vor Ungeduld bebte? Einerlei! Malétras kannte ihn nicht, doch er wußte, daß der Mann, wenn er in Le Havre nicht fremd war, einen respektvollen Blick zu ihrem Tisch hinübergeworfen hatte, daß er gewiß den mageren Dr. Verel erkannte, den Neurologen, allenfalls Legrand-Beaujon von der Seeversicherung, Devismes vom Nord-Holzbau, dessen Name auf Plakatwänden das kilometerweite Werkgelände säumte. Unmöglich, den fetten, vierschrötigen, speckig glänzenden Steuwels nicht zu kennen, dessen Bier in allen Cafés von Frankreich getrunken wurde, und Malétras von den Malétras-Docks, deren olivgrüne Kontore die Dörfer der Normandie verunzierten.

Vierzig Jahre früher wäre Malétras angesichts solch einer Tischrunde vor Ergriffenheit verstummt.

Nun zog er mechanisch, wie jeden Tag um diese Stunde, sein Zigarrenetui aus der Tasche. Es war ein prächtiges Etui mit Fächern – für jede Zigarre ein Fach – aus blauem, goldgefaßtem Saffian. Den Bauch ein wenig vorschiebend, tastete Malétras seine Weste ab, über der sich eine Uhrkette spannte, holte aus der rechten Tasche einen goldenen Zigarrenschneider in Guillotineform hervor, der an einem Kettenende hing. Der anderen Tasche endlich entnahm er ein gleichfalls goldenes Feuerzeug; all seine kleinen Geräte des Alltagsgebrauchs sollten aus Gold sein, so liebte er es.

Langsam tat er ein paar Züge und erhaschte dabei den verständnisinnigen Blick, den die Kartenspieler tauschten. Er war ihm vertraut. Die gleiche Szene wiederholte sich seit Jahren. Nie bot er nämlich eine Zigarre an. Das beruhte weniger auf Knauserigkeit seinerseits, denn zu Hause konnte es durchaus geschehen, daß er eines der auf dem Kaminsims gestapelten Kistchen herumreichte; vielmehr enthielt das Etui genau seine Tagesration.

Ritualgetreu, nachdem er seine Utensilien wieder in den Taschen verstaut hatte, stieß er einen tiefen Seufzer aus, lehnte sich etwas zurück und schloß halb die Lider, um dem aufsteigenden Rauch nachzuschauen.

Das alles tat er immer noch mit gewohnter Pedanterie, doch er tat es so wie ein Katholik, der den Glauben verloren hat und dennoch weiter die Sakramente empfängt. Sekundenlang schloß er die Augen. Zum Glück blickte gerade niemand zu ihm hin. Welch ungeheures Mitleid drückte sein Gesicht doch aus: Selbstmitleid! Armer Malétras!

Gleich darauf indessen, so wie man zum Wesentlichen übergeht, nachdem dem Gemüt gebührend gehuldigt wurde, nahm er Steuwels ins Visier.

›Sobald er Strohmann ist, gebe ich ihm unauffällig einen Wink...‹

Er hatte Steuwels gewählt. Der Arzt war zu sarkastisch. Legrand-Beaujon wirkte überaus greisenhaft mit seinem weißen, eckig gestutzten Bart. Devismes hatte acht Kinder.

Dieser Steuwels mit seinem überall hervorquellenden roten Fleisch, seiner speckigen Haut, den in Fettpolstern versinkenden Augen, den gemeinen Grobheiten, den oft schockierenden Vertraulichkeiten, war bei seiner dritten oder vierten Frau angelangt, und man munkelte, er habe die letzte in einem Bordell ausgesucht.

»Karo drei...«, sagte der Arzt, ruckhaft mit dem Kopf wackelnd; er hatte einen nervösen Tick.

»Gut...«

»Ich passe...«

Wenn nun Devismes nicht Pik drei ansagte und der Arzt sie ihm nicht überließ, war es an Steuwels, Strohmann zu sein, und Malétras konnte mit ihm reden.

Daß es so weit gekommen war! Mit ihm, Malétras!

Er war noch schlimmer dran als jener bedauernswerte Kerl dort, der womöglich schon seit einer Stunde wartete und jetzt, da er es nicht länger aushielt, zur Telefonkabine stürzte.

Wie mochte die Frau sein, die ihn versetzte? Womöglich häßlich? Dumm? Oder gar dumm und bösartig zugleich? Malétras hegte da keinerlei Illusionen mehr. Er fand den Verliebten nicht etwa lächerlich. Er wünschte beinahe, ihn beruhigt aus der Kabine treten zu sehen; doch er erschien im Gegenteil noch erregter als zuvor und ließ sich von Émile Briefpapier bringen. Er mußte verheiratet sein. Möglicherweise hatte er Kinder.

»Ohne Trumpf...«

»Zwei...«

»Drei...«

Endlich! Steuwels war frei. Malétras stand hastig auf, legte ihm die Hand auf die Schulter.

»Kommen Sie mal mit?«

Warum erinnerte ihn das an die Schule? All seine Schulerinnerungen, oder fast alle, waren unerfreulich. Er war rot geworden, wie das blasse mißtrauische Kind von einst.

Er zog Steuwels in den rückwärtigen Teil des Cafés und blieb nahe der Gittertüre zu den Toiletten stehen, der Terrasse zugewandt; diese mußte Vorbeigehenden als verlockendes Refugium erscheinen mit ihrem roten Schatten, den lackierten kupferbereiften Fässern anstelle der Tische, den sattgrünen Pflanzen in Blumenkisten.

»Hören Sie, Steuwels...«

Er mußte jetzt kreidebleich sein. Und doch mühte er sich, zu dem Lächeln zurückzufinden, das er vorhin, als er den Blick zu Émile hob, auf den Lippen gehabt hatte.

»Ich möchte Sie um einen Gefallen bitten ... Könnten Sie bei mir zu Hause anrufen und meiner Frau sagen, daß wir zusammen abendessen?«

Hundertmal lieber hätte er erklärt:

›Also, Steuwels ... ich bin in Verlegenheit. Ich muß von Ihnen eine Million geliehen haben ... und zwar gleich.‹

Geschickterweise hätte er weniger Ernst in Stimme und Gesichtsausdruck legen sollen. Um solche Gefälligkeiten, dessen war er sich bewußt, geht man jemanden jovial an, mit einem Augenzwinkern, einem Klaps auf den Bauch.

Dieses Augenzwinkern hatte er von Steuwels erwartet, der alle Laster kannte, sich an den verrufensten Orten herumtrieb; der hätte gleich kapieren sollen. Statt dessen wiederholte der fette Simpel begriffsstutzig:

»Zusammen abendessen ... wir zwei?«

»Aber nein ... Ich muß mir den Abend freimachen ... Nur angeblich werde ich ihn mit Ihnen verbringen ... Wenn ich selber telefoniere ...«

»Welche Ausrede soll ich denn dafür erfinden, daß ich nicht auch Madame Malétras einlade?«

»Daß es sich um ein Geschäftsessen handelt ... Daß Sie einen belgischen Freund getroffen haben, beispielsweise ...«

»Ja ... allerdings ...«

Setzte er bewußt diese unzufriedene, zögernde Miene auf? Malétras war sicher, daß der andere ganz einfach vor eventuellen Komplikationen zurückschreckte. Er bangte um sein bißchen bequeme Geruhsamkeit. Hätte ein anderer als Malétras ihn um den gleichen Gefallen gebeten, so wäre nichts weiter dabei gewesen. Aber Malétras!

»Na, gut... Welche Nummer haben Sie? Kommen Sie doch mit in die Kabine... Wissen Sie, ich und solche Mätzchen... Da! Verlangen Sie die Nummer selbst... Geben Sie mir dann den Hörer...«

Er mußte das über sich ergehen lassen und dann, nachdem der Anruf erledigt war, zu den anderen, inzwischen wartenden Kartenspielern zurückgehen, mit einem verstimmten Steuwels.

»Émile!«

»Ja, Monsieur Malétras... Zwölf Francs.«

Er brach auf, halblaut murmelnd:

»Bis morgen, Messieurs.«

Es war nicht seine gewohnte Zeit, doch er ertrug es nicht, länger untätig herumzusitzen, in dieser Atmosphäre, deren Friedlichkeit ihm auf die Nerven ging. Er hatte noch eine Stunde vor sich. Und er wußte nicht, wie er sie ausfüllen sollte.

Er mischte sich in das Gedränge der Rue de Paris, bedachte dann, daß er jeden Augenblick riskierte, plötzlich auf Lulu zu stoßen, die wohl gerade die Läden abklapperte. Sie war imstande, ihn zu zwingen, sie zu begleiten. Eine Straßenbahn kam daher. Er stieg ein, blieb auf der Plattform stehen und drückte sich um so tiefer in seinen Winkel, je mehr Fahrgäste hinzustiegen.

Man hätte sich mitten im Sommer wähnen können.

Die Frauen trugen helle Kleider und Hüte. Die Caféterrassen waren berstend voll, und man nahm flüchtig den Geruch von Aperitifs wahr.

Die Straßenbahn erreichte das Vorstadtgebiet, wo die Leute vor ihren Häusern saßen und Sonnenlicht von überall in Malétras' Augen stach; in manchen Straßen überflutete es das ganze Trottoir; in anderen, die im Schatten lagen, spiegelte sich die Sonne unvermittelt, wie augenzwinkernd, in einer Scheibe im dritten Stock oder einem Mansardenfenster. Die Haut war warm und feucht, roch sommerlich. Jemand in Malétras' Nähe roch nach Knoblauch.

Wie konnte das eigenartige Leben der Wintermonate jetzt noch fortgesetzt werden? Wiederholen lassen würde es sich niemals, das wußte er. Er klammerte sich trotzdem an die Hoffnung, so wie der Gast von Tisch 7 im ›Cintra‹, der vielleicht noch immer wartete. Er verhielt sich unvernünftig. Und das schrecklichste war, daß er keinen Moment aufhörte, sich dessen bewußt zu sein.

Er hatte keine Illusionen. Er konnte sich gut vorstellen, wie Lulu an diesem Nachmittag von einem Geschäft ins andere lief, mit einer Menge Geld in ihrer Handtasche, die sie sicher weit aufklappte, damit die Geschäftsleute und Verkäuferinnen die Notenbündel sahen.

Mein Gott, was wollte sie sich bloß kaufen? Sie hatte einen schlechten Geschmack. Sie war vulgär. Sie mochte nur das abgeschmackteste Ordinäre.

Zudem war sie aggressiv. Sie war bösartig. Was ließ sie sich wohl einfallen, um ihn heute zu quälen, obwohl er etwas getan hatte, was er nicht für möglich gehalten hatte: sich vor Steuwels demütigen!

Er mußte aussteigen, weil die Straßenbahn an der Endstation angelangt war. Er folgte einer sehr langen, menschenleeren, von Fabriken gesäumten Straße; dann, als die Straßenbahn ihn einholte, sprang er wieder auf, um ins Stadtzentrum zurückzufahren. Beinahe wäre er an der Place de l'Hôtel de Ville ausgestiegen, fuhr dann aber bis zum Hafen weiter.

Die Sonne hatte alles verändert, alles verdorben. Da blieb nichts mehr im dunkeln; es war nicht einmal mehr schändlich, bloß noch banal. Es war dumm. Und rundum wimmelte es von schäbigen Existenzen.

An den Winterabenden war er mit hochgeschlagenem Mantelkragen diesen gleichen Hauswänden entlanggeschlichen, von köstlicher Angst erfüllt, den allzu dunklen Nischen und Winkeln ausweichend, in denen Gefahr lauern mochte. Er kannte jede Gaslaterne und die matt erleuchteten Rechtecke der Kaschemmen. Er bog nach rechts ab, nochmals rechts. Sein Herz pochte heftig. Er erreichte die Impasse de la Pie, dann, ganz am Ende der Sackgasse, wo seine Schuhe durch Pfützen patschten, durchquerte er einen ersten feuchten Gang, einen Hof mit holperigem Pflaster.

Der Geruch der Armut griff einem an die Kehle. Im Erdgeschoß des Hinterhofes befand sich die Werkstatt eines Schreiners. Wenn Malétras vor sechs Uhr kam, konnte er ihn im fahlen Licht der von der Decke herabhängenden Glühbirne sehen. Endlich stieg er eine Außentreppe hinauf, erreichte eine Glastüre, und da war es: Lulu ließ ihn ein.

Die Lulu von damals war ganz anders. Meist war sie im Bademantel, halbnackt, stets schlampig, die Haare im Gesicht. Man merkte, daß sie gerade den Divan neben dem kleinen Gußeisenofen verlassen hatte, wo sie tagelang Groschenromane las.

»Was ist in dem Päckchen?«

Er brachte ihr Gebäck mit, Bonbons, Pralinen. Nie viel.

Manchmal schmollte Lulu. Sie hatte Lust auf dies oder das, nie auf teure Dinge. Zu jener Zeit glaubte sie, daß er Buchhalter bei einer Bank sei.

Gelegentlich gab sie sich bewußt melancholisch, und er, Trottel, versuchte sie auszuforschen:

»Sehnst du dich nach früher?«

»Aber nein.«

»Gib zu, daß du dich ein bißchen zurücksehnst.«

»Nach was soll ich mich zurücksehnen?«

»Nach dem Café.«

»Meinst du, es macht Spaß, jeden bedienen zu müssen?«

»Du hattest Gesellschaft.«

Sie war nicht schön. Sie hatte unregelmäßige Züge, einen blassen Teint, den Malétras – wie auch ihren kränklichen Jungmädchenkörper – rührend fand.

Er hatte sie im Frühherbst im ›Café de l'Escale‹ kennengelernt, als er dort zufällig auf ein Glas eingekehrt war und sie ihn bedient hatte. Sie trug ein ziemlich abgewetztes schwarzes Kleidchen und eine weiße Schürze. Noch jetzt kam es oft vor, daß er sie drängte, sich so anzuziehen, nur für ihn, in der Intimität ihres Zimmers.

»Die Männer haben dir den Hof gemacht.«

»Das war mir schnuppe.«

»War da keiner, der dir besonders imponierte?«

»Männer sind einer wie der andere.«

»Ich auch?«

»Mit dir ist es nicht dasselbe.«

Er war eifersüchtig auf ihre Vergangenheit und konnte sie stundenlang ausfragen; sie spielte das Spiel mit, ließ ihn alles glauben, was er glauben wollte, ohne ihm völlige Gewißheit zu geben.

»Hast du nie einen Liebsten gehabt?«

»Nie.«

»Auch nicht, als du ganz jung warst?«

Eine Erinnerung ließ sie lächeln.

»In der Schule...«, murmelte sie.

»Ja?«

»Da war einer. Der junge Gouel. Ein Rotschopf. Er wollte immer...«

»Was?«

»Mich anfassen...«

»Und du?«

Eines Tages hatte er bei ihr einen Mann angetroffen, einen großen Hageren, der den Arm in der Schlinge trug.

»Das ist Joseph, mein Bruder. Er ist Steward auf der *Normandie*. Im Moment ist er auf Urlaub, wegen einer Infektion an der Hand.«

Joseph war bleich, eher grämlich, duckmäuserisch, mit Pickeln im Gesicht, Furunkeln am Hals.

Die beiden setzten es sich in den Kopf, Malétras Belotte zu dritt beizubringen. An manchen Abenden nahmen sie ihn zum Kartenspielen in die kleinen Kneipen des Viertels mit, wo Malétras keine Angst haben mußte, erkannt zu werden.

Eine Woche war es jetzt her, auf den Tag genau... Wie gewohnt hatte er das Zimmer betreten... Lulu hatte ihn steif aufgerichtet, vollständig angezogen empfangen, abgespannt. Ihre Lippen zitterten, und sie brachte eine ganze Weile keinen Satz heraus.

»Du... du...«

Er begriff nicht, was los war, sah sich nach Joseph um, den vorzufinden er inzwischen gewöhnt war.

»Daß du dich nicht schämst.«

Und schließlich:

»Daß du dich nicht schämst, *Monsieur* Malétras!«

Ein Schock, kaum spürbar. Er war nicht einmal zusammengezuckt. Und doch hatte er sofort begriffen, daß alles zu Ende war. Émile, der Kellner im ›Cintra‹, war vorhin gar nicht so sehr fehlgegangen, als er an einen Mann dachte, dem der Arzt schonend zu verstehen gab, daß es hoffnungslos steht.

»Ja, und?«

»Wenn ich denke, daß du nicht weißt, wohin mit deinem Geld, so reich bist du, und mir zugemutet hast, hier mit tausend Francs im Monat auszukommen! Schau dir die Kleider an, die ich von dir bekam! Da, das mach ich damit!«

Er durfte nicht mehr daran denken. Es war gräßlich gewesen. Sie hatte ihre Sachen zerfetzt, alles kurz und klein geschlagen, und er... er hatte geweint. Er hatte um Verzeihung gebettelt. Er war vor ihr niedergekniet.

Dann war Joseph aufgetaucht. Hatten sie die Szene

etwa vorher abgekartet? Trug sie an diesem Abend absichtlich ihr schwarzes Kellnerinnenkleid?

Joseph hatte sich dann für Malétras in die Bresche geworfen:

»Hör doch, Lulu, er sagt ja, daß es ihm leid tut! Er hat sich nichts dabei gedacht, der Mann. Jetzt will er alles gutmachen ...«

»Ich brauche sein Geld nicht. Übel nehme ich ihm nicht das mit dem Geld, sondern, daß er mich angelogen hat ...«

Und nun stand er da, er, Malétras, auf einer Straße, die er nicht kannte, auf der Suche nach einer Bar, in der Lulu ihn treffen wollte.

Eine Woche! Er hatte ihr zunächst alles gegeben, was er bei sich hatte. Sie wollte einen Pelzmantel. Dazu war es nicht die geeignete Jahreszeit. Er sagte ihr das. Aber sie hatte sich schon immer einen Pelzmantel gewünscht. Und sie hatte einen gesehen, der elftausend Francs kostete.

»Deine Frau trägt doch bestimmt einen Nerz für zweihunderttausend ...«

Nun, der reiche Malétras konnte wohl einen Scheck über eine oder zwei Millionen ausstellen, doch er konnte über keine zehn- oder zwölftausend Francs verfügen, ohne daß Hermine davon erfuhr, seine zweite Frau, die Generalswitwe, die er vor fünf Jahren geheiratet hatte.

Da schon hatte er an Steuwels gedacht. Er hatte jeden seiner Freunde in Betracht gezogen, jene vom ›Cintra‹ und die übrigen. Zufällig war er dann seinem Schwiegersohn begegnet.

Welches Lokal hatte Lulu doch genannt? Das ›Picratt's‹, das war's, mit der grellroten Fassade, aus dessen halboffener Tür immer diese klagenden Banjotöne drangen. Möglicherweise mußte er nun die Rolle des Wartenden von vorhin spielen. Das war fortan unwichtig.

Er trat ein. Rechts vom Eingang gab es eine hohe Bar.

»Jules!«

Sie war da, auf einem Barhocker, eine Zigarette zwischen den Lippen. Außer dem Barmann und dem Banjospieler befand nur sie sich in dem Lokal, und gewiß war sie, als Malétras hereinkam, dabeigewesen, dem Barmann ihr Herz auszuschütten.

»Setz dich doch. Was sagst du dazu?«

Natürlich trug sie den bewußten Pelzmantel, neue Schuhe, neue Strümpfe und kam sichtlich direkt vom Friseur, der ihr mit der Dauerwelle ein püppchenhaftes Aussehen verpaßt hatte, so daß er sie kaum wiedererkannte.

»Sehe ich nicht gut aus?«

»Doch, doch.«

»Bob, einen Manhattan für ihn … und für mich auch. Nachher zeig ich dir, was ich sonst noch eingekauft hab.«

Und leise: »Ich hab alles ausgegeben. Bist du mir böse?«

»Nein!«

»Du scheinst mir aber doch böse zu sein. Was hast du bloß?«

Sie duzte auch den Banjospieler, den sie offenbar sehr gut kannte. Als sie hernach zum Essen in ein kleines Restaurant mit Tafelmusik gingen, hielt Malétras es nicht länger aus, und er machte ihr eine regelrechte Szene.

Er packte es falsch an, das spürte er. Und sie konterte ungeschickt.

»Ist's wegen deiner zwanzigtausend Francs, die ich ausgegeben hab, daß du so eklig bist?«

Zu alledem wollte sie, ehe sie nach Hause gingen, noch in einem Nachtlokal einkehren, was zu neuerlichen Vorhaltungen Anlaß gab, bis er schließlich einlenkte.

Am Eingang zum ›Cloche‹, unter dem malvenfarbenen Neonleuchtschild, blieb sie verzückt vor einem langgestreckten Sportwagen mit Aluminiumkarosserie stehen.

»Gehen wir jetzt rein oder nicht?« knurrte er ungeduldig, da sie sich nicht sattsehen konnte.

Wer weiß, womöglich stieß er auf Steuwels, der oft Tingeltangel dieser Art aufsuchte. Es war gedrängt voll, die Hitze unerträglich. Schemenhafte Gesichter, rot beleuchtet, eng aneinandergeschmiegte Paare, allzukleine Tische, Polsterbänke, in denen man versank.

Wie er erwartet hatte, wurde Lulu zum Tanzen aufgefordert. Sie blickte ihn fragend an, er blickte mürrisch zurück. Sie tanzte trotzdem.

Und dann kam das Desaster. An der Bar stand ein Mann, den Malétras nur von hinten sah, eine hohe sportliche Gestalt. Der Mann wandte sich um, und beide erkannten sich. Es war sein Schwiegersohn, Etienne Laniel, der, in der Annahme, sein Schwiegervater sei allein, an Malétras' Tisch trat.

»Sie hier?« wunderte er sich.

Er war ein gutaussehender Kerl, mit etwas fahlem Blondhaar und weichlichen Zügen, aber stattlich, einer, der den Frauen gefiel.

»Darf ich?«

Er setzte sich. Lulu kehrte zurück.

»Willst du mich nicht vorstellen?«

»Mein Schwiegersohn ... Lulu, eine Freundin ...«

Nun wurde Laniel natürlich klar, wozu sein Schwiegervater sich zwanzigtausend Francs von ihm geliehen hatte.

»Wie kommt es, daß du in Le Havre bist?« erkundigte sich Malétras bei Etienne.

»Ich wollte nach dem Abendessen noch einen neuen Wagen ausprobieren ...«

»Ist es das Auto, das vor der Türe steht?« rief Lulu. »Darin herumzufahren muß toll sein!«

»Würde Ihnen das Spaß machen?«

»Müssen Sie fragen?«

»Wenn mein Schwiegervater es erlaubt, entführe ich Sie für eine Viertelstunde.«

Lulu war sehr munter, denn sie hatte zwei Aperitifs getrunken und viel Wein bei Tisch. Sie leerte noch zwei Gläser Champagner, ehe sie Etienne Laniel folgte. Von der Tür aus warf sie Malétras eine Kußhand zu.

Eine Viertelstunde verging. Ihm war heiß, zum Ersticken. Gelegentlich seufzte er vor sich hin, völlig selbstvergessen:

»Unglaublich.«

Oder:

»Es ist aus.«

Das starke Parfüm seiner Nachbarin widerte ihn an. Ein Animiermädchen setzte sich neben ihn. Da ging er hinaus und wartete auf dem Gehweg neben dem Türsteher, der zwei-, dreimal versuchte, ihn in ein Gespräch zu verwickeln. Er wagte nicht mehr, auf die Uhr zu schauen. Es mußte eine Stunde oder länger her sein, seit sie weggefahren waren. Weitere Zeit verging. Bei jedem Taxi, das in der Ferne vorbeifuhr...

Der Sportwagen, endlich... Lulu stieg aus, schrak zusammen, als sie Malétras vor sich sah.

»Was fällt dir ein?«

Und dann fuhr sie ihn an:

»Hättest du nicht drinnen warten können? Ich hab einen Durst...!«

»Nein.«

»Was, nein?«

»Komm.«

Er wandte sich um, murmelte: »Gute Nacht, Etienne.«

Er war wie von Sinnen, zog sie mit, ihren Arm umklammernd. Sie bekam es ein wenig mit der Angst.

»Wo wart ihr?«

»Auf der Straße nach Dieppe.«

»Habt ihr nirgends angehalten?«

»Laß mich los! Du tust mir weh.«

»Sag, wo habt ihr angehalten?«

»Nirgends. Wir sind hundertachzig gefahren.«

»Und dann?«

»Dann nichts. Langsam gehst du mir auf die Nerven.«

»Was?«

»Ich sage, daß du mir auf die Nerven gehst. Ich hab's satt! Erst behandelst du mich wie eine gemeine Schlampe, läßt mich trotz deiner Millionen armselig dahinleben. Dann maßt sich der Herr an ...«

Sie waren an der Ecke zur Impasse de la Pie angelangt.

»Ich geh nicht heim!« erklärte sie plötzlich, blieb zögernd stehend.

»Du kommst!«

»Wozu?«

»Komm.«

Beinahe hätte sie sich widersetzt. Er war der Stärkere. Er versperrte ihr den Ausweg.

»Heut abend ist sowieso nichts mit uns«, fauchte sie.

»Warum?«

»Darum.«

»Warum?«

»Quatsch!«

Sie liefen hintereinander durch den völlig dunklen ersten Gang. Sie überquerten den Hof, und Lulu zögerte abermals weiterzugehen.

»Was hast du bloß heut abend?«

»Geh hinauf!«

Dann, als sie im Zimmer waren:

»So, da bin ich. Was willst du jetzt?«

»Du hast's mit meinem Schwiegersohn getrieben.«

»Blödian.«

»Gib's zu.«

Er war außer sich, rasend vor Eifersucht. Und sie war gleichfalls wie von Sinnen.

»Erstens sieht er besser aus als du, dazu hat er wenigstens ein Auto. Außerdem muß er reich sein, weil du das Geld, das du mir gabst, von ihm gepumpt hast.«

»Hat er dir das erzählt?«

»Stimmt's etwa nicht?«

Er stellte sich vor, wie die beiden über ihn gespottet hatten, im sausenden Fahrtwind ...

»Jetzt troll dich zu deiner Frau und laß mich in Ruhe!«

»Zieh dich aus!«

»Nein ... heut nicht.«

Er kehrte zu seiner Frage zurück: »Warum?«

Weil sie es soeben mit Etienne getrieben hatte, darum!

»Zieh dich aus!«

»Nein. Du wirst lästig, wirklich!«

»Tu, was ich sage, oder ...!«

Es war eine fixe Idee. Er meinte, daß er den Beweis ihrer Untreue bekommen würde, wenn er sie zwang, sich auszuziehen. Es war absurd, und doch durchlebte er die ganzen folgenden Minuten im Bann dieser Absurdität.

»Zieh dich aus!«

»Du tust mir weh, Idiot ... Du siehst dein Gesicht nicht! ... Schau dich mal im Spiegel an ... Wie ein Wahnsinniger siehst du aus ...«

Und er stammelte nur ein ums andere Mal: »Zieh dich aus!«

»Du bist wahnsinnig, hörst du! ... Wenn du so weitermachst, rufe ich um Hilfe ... Hil ...«

Da würgte er sie. Als er sie losließ, sank sie der Länge nach zu Boden und rührte sich nicht mehr. Er blieb ebenso reglos stehen. Möglicherweise empfand er eine gewisse Erleichterung. Er wiederholte wie vorhin im Nachtlokal, als er zu ersticken meinte:

»Es ist aus.«

Er mußte sich setzen, doch auf dem Stuhl lagen noch die Geschenkpäckchen vom Nachmittag. Fast hätte er unwillkürlich sein Zigarrenetui aus der Tasche gezogen, weil er undeutlich den Eindruck hatte, daß ihm etwas fehle. Er hörte Geräusche im Nebenraum, der als Küche und Abstellkammer diente. Die Verbindungstür öffnete sich, ohne daß er zusammenfuhr.

Es war Joseph. Also hatte Malétras sich nicht getäuscht. Er hatte sich schon gedacht, daß Joseph nicht Lulus Bruder war, sondern ihr Liebhaber. Er hatte sich sogar damit abgefunden, weil er spürte, daß es unvermeidlich war.

Malétras hätte später nicht sagen können, wieso er in diesem Augenblick mit seltsam ruhiger Stimme die Worte sprach:

»Man muß die Polizei holen«, worauf der andere, nachdem er Lulus Körper umgedreht hatte, leise murmelte: »Idiot!«

In seinen Leinenschuhen kaum hörbar, mager und blaß wie ein Schmierenganove, ging er nachsehen, ob die Vorhänge ganz zugezogen waren, öffnete die Tür einen Spalt weit, lauschte, kam in die Mitte des Zimmers zurück.

»Gehen Sie heim, kümmern Sie sich um nichts. Ich bringe das in Ordnung.«

Malétras begriff nicht gleich.

»Je eher Sie zu Hause sind, desto besser. Versuchen

Sie bloß, die Nerven nicht zu verlieren. Wenn Sie nicht schlappmachen, wird's keinen Stunk geben. Verschwinden Sie!«

Er reichte ihm seine Melone, schloß die Türe hinter ihm. Und in dem dunklen Gang, der den Hof mit der Straße verband, blieb Malétras wie ein Schlafwandler stehen und pißte gegen die Wand.

2

Noch bevor er die Augen öffnete, wurde ihm bewußt, daß etwas Ungewöhnliches geschehen war: die Sonne drang warm und sattgolden zwischen den Lamellen der Jalousien herein; er streckte die Hand aus und spürte, daß der Platz neben ihm im Bett leer und kalt war; die Straßengeräusche waren zum Lärm angeschwollen und hatten das Vogelgezwitscher abgelöst, das ihn gewöhnlich beim Erwachen begrüßte. Denn seit frühester Kindheit, seit jener Zeit, als er noch eine Mutter hatte, die ihn morgens anzog und zur Dorfschule schickte, war Jules Malétras stets um fünf Uhr aufgestanden.

An anderen Tagen schlüpfte er geräuschlos aus den Laken, ließ Hermine weiterschlafen. Ohne mit den Füßen nach den Pantoffeln auf der Bettvorlage zu tasten, ging er barfuß, im Hemd, in das Badezimmer zur Rechten; denn obschon sie sich für ein gemeinsames Schlafzimmer entschieden hatten, verfügte jeder von ihnen über ein eigenes Badezimmer. Malétras öffnete das Fenster weit. Es gab kein Gegenüber. Die Rue de la Commanderie, die er seinerzeit gewählt hatte, um da, im elegantesten Viertel, sein neues Haus errichten zu lassen, war noch nicht völlig bebaut. Zwischen den großen Privathäusern waren Lücken, erstreckten sich unbebautes Gelände oder Gärten. Die längs des

Gehwegs gepflanzten Bäume waren noch jung, das Laub von zartem Grün.

Er mußte die Badezimmertür immer gut schließen, denn er hatte sich nie angewöhnen können, sich zu waschen, ohne dabei wie ein Seehund zu prusten. Er ging fast zur selben Zeit hinunter wie Eugénie, Hermines alte Dienstmagd, die eines Tages gesagt hatte:

»Mit den Gatten von Madame hab ich wahrhaftig kein Glück. Der erste läuft mir, weil er vom Militär ist, ab sechs Uhr früh vor den Füßen herum, während die Ordonnanz vor der Haustür schon das Pferd am Zügel hält. Dann heiratet Madame einen anderen Herrn, der nicht vom Militär ist, und es muß ausgerechnet einer sein, der mit den Hühnern aufsteht und am Küchentisch frühstückt...«

Es mutete ihn merkwürdig an an diesem Morgen: Wo er hinblickte, Möbel, die ihm seit bald sechs Jahren vertraut waren, und doch kam es ihm vor, als sehe er sich in einem völlig fremden Hotelzimmer um.

Dieses breite Bett zum Beispiel, in dem er grundlos herumlag, er, der nie zwischen den verschwitzten Laken trödelte, die er abscheulich fand! Es war ein Louis-XVI-Bett, grau gestrichen, mit geschnitzten Girlanden, feinem Rohrgeflecht an Kopf- und Fußende; zu allem Überfluß gab es über seinem Kopf einen kleinen kronenförmigen, von Amoretten gestützten Baldachin mit Satinvorhängen.

Es war Hermines Bett, nicht jenes des Generals, denn zu dessen Zeiten hatte sie auf ihrem eigenen Schlafzimmer bestanden. Eine Frage des gesellschaftlichen Stands zweifellos. Hermine war eine geborene de Dodeville.

Mit Louise, seiner ersten Frau, einer geborenen Belloncle, hatte Malétras nie getrennt geschlafen. Sie verfügten auch nur über ein gemeinsames Badezimmer. Anfänglich hatten sie überhaupt kein Badezimmer gehabt, weder Toilette noch fließendes Wasser. Sie wuschen sich in einer emaillierten Schüssel, die auf einem gedrechselten hölzernen Dreifuß stand.

Warum schliefen Hermine und er nicht getrennt, wie Hermine und der General es getan hatten? Sie siezten sich. Nie hatten sie sich geduzt. Den ganzen Tag über lebten sie zusammen wie Leute, die sich kaum kannten. So war es auch ein wenig, denn als sie heirateten, war Hermine dreiundfünfzig Jahre alt gewesen, er fünfundfünfzig.

Nie hatten sie besprochen, wie sie schlafen würden. Sie hatten beschlossen, daß die Heirat stattfinden sollte, sobald das Haus an der Rue de la Commanderie fertiggebaut war.

›Morgen, Hermine, wenn Sie gestatten, schicke ich den Architekten zu Ihnen, denn es gibt da einige Einzelheiten, die Sie bitte mit ihm entscheiden möchten . . .‹

Es ging um die Zimmereinteilung. Sie hatte bestimmt: ein gemeinsames Schlafzimmer. Zwei Badezimmer, aber ein Schlafzimmer. Ihr Badezimmer war mit rosa Marmor ausgekleidet.

Nun, vielleicht entdeckte er erst jetzt, wie es in Wirklichkeit um ihn stand. Er erwachte, tastete mit der Hand das Bett neben sich ab, und die Angst fuhr ihm in die Glieder, als er feststellte, daß er allein war. Er schien kaum mehr Luft zu bekommen, das Herz schlug unregelmäßig, er fürchtete, krank zu sein, zu sterben, ohne Zeit oder Gelegenheit gehabt zu haben, die Hand nach dem Klingelknopf auszustrecken.

Beide waren sie alt. Nachts hatten sie Angst vor dem Alleinsein. Tagsüber, ja, da konnten sie sich beruhigt siezen und Höflichkeiten austauschen. Doch nachts mußte jeder den anderen in Reichweite fühlen.

In seinem Bett aufgerichtet, schaute er sich im Spiegel des großen grauen Schranks gegenüber an, und etwas in seinem Gesicht löste eine Erinnerung aus: diese Art vagen Lächelns, zugleich bang und beinahe gütig, das seinen Mund weicher, seinen Blick ein wenig wärmer erscheinen ließ, es war das Lächeln, das er am Vortag für jemanden gehabt hatte, einen Mann, den er kaum kannte, für Émile, den Kellner vom ›Cintra‹.

Da schon hatte er sich elend gefühlt. Doch niemand war je auf die Idee gekommen, auch nur das geringste Mitleid für den mächtigen Malétras aufzubringen. Reichen gibt man keine Almosen. Und dann kommt da einer, den man nicht kennt, oder kaum, dieser Kellner, dem er nie irgendwelche Beachtung geschenkt hatte, und stellt ein Tablett mit Sardellenhäppchen vor einen hin, wie um zu sagen:

›Ist ja bloß eine Kleinigkeit, aber Freude macht's trotzdem.‹

Hatte Émile geahnt, daß sein Gast Kummer hatte? Hatte auch Émile Kummer? War er vielleicht krank? Hatte er womöglich Liebeskummer?

Malétras suchte seine Uhr, doch sie war nicht auf dem Nachttisch, wo er sie gewöhnlich hinlegte. Er erinnerte sich: er hatte sich im Dunkeln ausgezogen. Er fürchtete, Hermine zu wecken, vor allem die Fragen, die sie ihm stellen, die Blicke, die sie ihm zuwerfen mochte.

Aber sie schlug die Augen nicht auf. Er hatte seine Kleider auf den Bettvorleger fallen lassen. Er war neben sie unter die Decke geschlüpft, und sie war automatisch weggerückt, hatte ebenso automatisch im Schlaf gestammelt:

»Ist es spät?«

Er hatte geantwortet: »Mitternacht.« Er wußte nicht, ob Mitternacht war, er hatte es auf gut Glück gesagt.

Er hatte befürchtet, daß er eine schlaflose Nacht verbringen würde, war aber fest eingeschlafen, er erinnerte sich auch, daß Hermine ihn im Lauf der Nacht gezwungen hatte, sich umzudrehen, weil er ständig zu ihr hinrutschte.

»Sie riechen nach Wein«, hatte sie sich beklagt.

Seine Kleider lagen nicht mehr auf dem Bettvorleger, sondern ordentlich auf einem Stuhl. Auf seiner Uhr war es neun. Er fragte sich, warum Hermine, die spät aufstand, nicht mehr im Badezimmer war, wo er sie gehört hätte. Beklommen ging er sich waschen, zog einen Morgenrock über und klingelte.

Als drei Minuten verstrichen und noch immer niemand auf sein Zeichen hin erschien, klingelte er nochmals, nachhaltig, hörte eilige Schritte die Treppe vom zweiten Stock herabkommen, und da trat auch endlich außer Atem Rose ein, das Zimmermädchen.

»Hat Monsieur etwa geläutet?«

»Wo waren Sie, Rose?«

»Oben in der Wäschekammer, mit Madame.«

»Was ist denn los?«

»Nichts ist los, Monsieur. Madame hat gestern beschlossen, den zweiten Stock in Ordnung zu bringen, und wir fangen mit der Wäschekammer an.«

»Bringen Sie mir eine Tasse Kaffee herauf.«

Er trank sonst nie welchen vor dem Hinuntergehen, doch er fühlte das Bedürfnis, sein Klingeln zu rechtfertigen.

Erst war ihm allein bei der Vorstellung, Hermine zum erstenmal wieder gegenübertreten zu müssen, bang gewesen, er fürchtete die Fragen, die sie ihm stellen mochte, ihre mehr oder weniger scharfsinnigen Blicke, und jetzt war er verwirrt, weil sie nicht da war.

Was war bloß in ihn gefahren, daß er Rose fragte, als sie ihm seinen Kaffee brachte: »Gibt's was Neues?«

»Aber nein, Monsieur.«

Einmal angezogen, war ihm erst recht nicht wohl in seiner Haut. Sollte er nach oben gehen, um seiner Frau guten Morgen zu sagen? An jedem anderen Tag hätte er es nicht getan. Jeder lebte für sich.

Er ging dennoch hinauf, obschon er wußte, wie töricht er sich benahm. Er fand Hermine mit einem Tuch um den Kopf beim Ordnen von Wäschestapeln.

»Sind Sie endlich aufgestanden?« warf sie ihm mit kaum ironischer Munterkeit zu. »Brummt Ihnen der Schädel nicht zu arg?«

»Wir waren mit Freunden zum Abendessen.«

»Ich weiß, ich weiß. Sie müssen hübsch drangewesen sein, als Sie heimkamen. Wenn ich Steuwels treffe, werde ich ihm mein Kompliment machen. Und jetzt? Was stehen Sie da und halten Maulaffen feil?«

Ganz klar, er hatte hier nichts zu suchen. Es war wohl überhaupt das erstemal, daß er einen Fuß in die Wäschekammer setzte, einen sonnendurchfluteten, gänzlich weiß gehaltenen Raum, in dem Hermine sehr licht wirkte, sehr alert, in ihren frischen, sauberen Kleidern, mit ihren präzisen Bewegungen, dem frischen Teint und der Gelassenheit, die an eine Krankenschwester in einer Klinik denken ließen.

War es nicht ganz erstaunlich, daß sie seine Frau war?

»Gehen Sie nicht ins Büro?«

»Doch ... gleich ...«

»Würden Sie, wenn Sie an einer schönen Languste vorbeikommen, bitte daran denken, sie mitzubringen?«

Es war derart anders als das, was er erwartet hatte! Kein einziges Mal hatte er beispielsweise seit seinem Erwachen an Lulu gedacht. Da war bloß etwas Dunkles, Schlüpfriges in einem Winkel seines Bewußtseins, doch es genügte, nicht näher darauf einzugehen.

Er machte sich nichts vor. Vielleicht war er sogar klarsichtiger als gewöhnlich; er hatte den Eindruck, alles mit neuen Augen zu sehen.

Wie aber ließ sich sein Unbehagen erklären? Er fühlte sich aus dem Gleichgewicht gebracht. Genauer, er fühlte sich fern der Realität.

Richtig! Einst war er Jules Malétras gewesen, der Sohn jenes Malétras, den man Julot nannte, des Briefträgers von Steenvoorde. Heute war er der Malétras der

Malétras-Docks, die er nach dem Tod seiner ersten Frau und der Heirat seiner Tochter vor einigen Jahren in einer Anwandlung von Abscheu allem Geschäftlichen gegenüber verkauft hatte.

Schließlich war er auch der Malétras aus der Rue de la Commanderie und vom ›Cintra‹, der, indem er Hermine heiratete, ein neues Leben anfing und nun allmorgendlich – einfach so – volle zwei Stunden dem Treiben in der Fischhalle zusah.

All das erschien ihm jetzt bedeutungslos. Er setzte den Hut auf, steckte sich seine erste Zigarre an und trat aus dem Haus. Als er den Gehweg entlang ging, verschwamm ihm alles vor den Augen, wie nach einer Operation, wenn man in einem nüchternen Krankenhauszimmer vor sich hindämmert.

An der Ecke kaufte er sich eine Zeitung, kämmte sämtliche Seiten durch: Lulu wurde mit keinem Wort erwähnt.

War es nicht ein Fehler gewesen, auszugehen? Was, wenn Joseph plötzlich anrief?

Bruchstückhaft kam ihm die Erinnerung, als erwachte er aus einem Rausch; er drängte sie zurück, verschob jegliches Nachdenken auf später. Doch weder die vorbeiziehenden Straßenbahnen noch das bunte Treiben auf der Straße noch die Sonnenkringel, die über die schattigen Häuserfronten lichterten, vermochten ihn abzulenken; und auch nicht der Anblick seiner früheren Büros unten in der Rue de Paris, wo über der Frontseite in großen roten Lettern *Malétras-Docks* zu lesen stand.

Er ging weiter, hinunter zum Hafen. Hier befand er

sich keine zweihundert Meter von der Impasse de la Pie entfernt, traute sich jedoch nicht näher, obschon ihn ein unsinniges Verlangen packte, sich dort herumzutreiben.

Sein Schwiegersohn! Den hatte er doch glatt vergessen! Sein Schwiegersohn wußte, daß er mit Lulu weggegangen war, daß er vor Wut geschäumt hatte.

Ziellos schritt er aus, die Hände in den Taschen. Auf der Höhe eines Frisörladens rempelte ihn ein kleiner Junge an, der mit einem Korb um die Ecke geschossen kam. Die Auslage bot unter anderem auch Spiegel feil. In einem dieser Spiegel erblickte sich Malétras im Augenblick des Zusammenpralls ... und überraschte sich buchstäblich bei dem genau gleichen Lächeln wie am Vortag gegenüber Émile, wie am Morgen im Bett.

»Pardon!« stammelte er. Er, Malétras, entschuldigte sich bei einem Bengel, der ihn anrempelte!

Darüber ärgerte er sich noch, als er bereits den Fischmarkt überquerte, und er schritt absichtlich steifer, gewichtiger aus denn je, erwiderte brummelnd den Gruß der Marktfrauen und der Gehilfen.

Hinter dem Markt, in einer engen, stets von Lastwagen und Handkarren verstopften Straße, trat er in einen kleinen verglasten Raum, über dessen Tür *Gebrüder Poineau, Seefischhändler*, zu lesen stand.

Er hatte wieder seine eisige Chefmiene aufgesetzt. Er kaute an seiner erloschenen Zigarre herum, und seine Melone hatte sich ihm, als wollte sie ihn noch strenger erscheinen lassen, gleichsam noch ein paar Zentimeter tiefer in die Stirn gedrückt.

»Nun, Poineau!«

»Ja, Monsieur Malétras.«

Poineau war ein massiger, leicht aufbrausender Bursche mit blauen Augen, der sein Lebtag wie ein Besessener geschuftet hatte, von dem es aber hieß, daß er es nie auf einen grünen Zweig gebracht hatte. In Tat und Wahrheit konnte er schlicht nicht rechnen.

Er ging mit Geld höchst nachlässig um, stopfte es in die Taschen seiner blauen Schürze oder in Schubladen, vergaß, dies und jenes in Rechnung zu stellen, bis er eines Tages knapp vor dem Konkurs gestanden hatte.

»Kommen Sie ins Büro.«

»Ja, Monsieur Malétras.«

Er zitterte buchstäblich vor Malétras, der ihn vor dem Ruin bewahrt hatte; er hatte ihm unter die Arme gegriffen, verbrachte aber seitdem jeden Vormittag zwei Stunden in dem Hinterzimmer, in welches er einen wackeligen Schreibtisch hatte stellen lassen.

»Wieviele Kisten waren's heute früh?«

»Zweiunddreißig Kisten Seezungen, davon zwanzig...«

Malétras war so reich, daß er nicht wußte, wohin mit dem Geld. Aus Überdruß hatte er seine Firma verkauft, in der er früher bis zu dreißig Büroangestellte beschäftigte, nicht mit eingerechnet die Magaziner, die Lastwagenfahrer und so weiter.

Seit drei Jahren erschien er hier nun jeden Morgen, pünktlich wie einer seiner einstigen Buchhalter, und verbrachte in einem bloß durch ein Oberlicht erhellten Raum von zwei auf drei Meter, in welchem es penetrant nach Fisch stank, zwei Stunden damit, Zahlen untereinanderzuschreiben und Rechnungen auszustellen.

Und wie jeden Vormittag lief er auch bis zehnmal ins Lager, um Waagscheine oder Kistenmarkierungen zu prüfen. Es ging gegen Mittag, als ein Junge mit einem Brief in der Hand eintrat und fragte:

»Ist hier ein Monsieur Malétras?«

»Das bin ich. Gib her.«

Seit dem frühen Morgen schon erwartete er Nachricht von Joseph. Er wurde nicht enttäuscht.

Er hatte dessen Schrift nie gesehen und stellte überrascht fest, daß sie sauber und flott war, vielleicht ein bißchen zu präzis, wie die Schrift eines Lehrers oder eines Feldwebels.

Ich muß Sie heute nachmittag unbedingt treffen. Würden Sie um vier Uhr in die ›Bar des Amis‹ kommen? Das ist eine kleine Bar am Quai Frissard, unweit der Kohlenbunker. Alles wird gutgehen.

Ihr ergebener
Joseph.

»Halten Sie heute keinen Mittagsschlaf?« fragte Hermine, als sie ihn, während sie noch bei Tisch saßen, eine Zigarre anzünden sah.

»Ich muß noch zur Bank. Ach ja, darüber wollte ich ja mit Ihnen sprechen...«

Vor ihm an der Wand hing die Farbreproduktion der ›Stempelmeister‹, an die er am Vorabend im ›Cintra‹ hatte denken müssen. Rose hatte eben in kleinen vergoldeten Tassen den Kaffee aufgetragen. Hermine tat gewohnheitsmäßig ein Stück Zucker in die Tasse ihres Mannes und reichte sie ihm.

»Poineau hat mir heute morgen von einem seiner

Kollegen aus Dieppe erzählt, der vor allem in Hummer macht...«

»Das erinnert mich: Ich möchte wetten, daß Sie meine Languste vergessen haben.«

Er hatte sie tatsächlich vergessen, wagte es aber nicht einzugestehen.

»Die wird noch geliefert. Ich dachte, sie sei für heute abend... Wo war ich stehengeblieben... Dieser Kollege ist unglaublich knapp bei Kasse... Das Geschäft läuft nicht schlecht, im Gegenteil, aber es fehlt an Kapital... Wenn ich ihm so an die hunderttausend Francs vorstrecken würde...«

Sie hörte aufmerksam zu. War nicht er es, der sich von Anfang an bemüht hatte, ihr Interesse an seinen Geschäften zu fördern? Hinzu kam, daß sie aus einer Familie stammte, in der die Frauen von früh auf gewöhnt waren, ihr Geld gewinnbringend anzulegen.

»Glauben Sie denn, es lohnt sich, sich deswegen neue Sorgen aufzuladen? Sie werden nach Dieppe gehen müssen.«

»Nein, Poineau wird fahren.«

»Sie wissen doch genau, daß Sie kein Vertrauen haben in ihn. Wie ich Sie kenne, werden Sie ohnehin selber alles anschauen wollen. Sie reisen höchst ungern, und Sie werden darauf bestehen, daß ich mitkomme. Meinerseits...« Er sah sich gezwungen, eine ganze Geschichte zu erfinden, zu schwindeln wie als Kind seiner Mutter gegenüber.

»Ich habe versprochen, mich mit wenigstens hunderttausend Francs an dem Geschäft zu beteiligen. Wenn während der ersten Monate...«

»Es wäre besser gewesen, nichts zu versprechen, bevor Sie es mit mir besprochen hatten.«

Er ging tatsächlich zur Bank, wo er hunderttausend Francs in Tausenderscheinen abhob. Er war zu früh in der Stadt. Er setzte sich auf eine Caféterrasse, wo es ihn aber nicht lange hielt, ging dann ziellos weiter. Schon um halb drei war er am Quai Frissard, vermied es jedoch, sich der Bar zu nähern, deren gelbgestrichene Fassade sich an eine lange schwarze Mauer anschloß.

Wäre er seinem ersten Impuls gefolgt, so hätte er die hunderttausend Francs in einen Umschlag gesteckt und Joseph überreicht: ›Da!‹ Und damit basta.

Ein törichtes Vorgehen. Es kam ohnehin ganz anders. Joseph traf ebenfalls zu früh ein, Malétras sah ihn nicht kommen; plötzlich sagte eine Stimme neben ihm: »Ich habe Sie doch nicht etwa warten lassen?«

Es war Joseph, anständig gekleidet, einen Schlapphut auf dem Kopf, keine Mütze. Er hatte den Arm nicht mehr in der Schlinge, aber ein Finger steckte noch in einem Verband.

»Es ist vielleicht besser, wir setzen uns nicht in die Bar. Ich gab Ihnen dieses Lokal nur an, um Sie nicht auf der Straße warten zu lassen.«

Malétras sagte noch immer nichts, wagte nicht, seinem Gegenüber ins Gesicht zu schauen. Seine Hand in der Tasche fingerte an den Banknoten herum.

»Wollen wir den Quai entlanggehen? Wenn ich Ihnen die kurze Mitteilung von heute früh geschickt habe, so vor allem deshalb, weil ich Sie beruhigen wollte.«

Endlich sah Malétras ihn an. Josephs Gesicht war fahl, doch war sein Teint sonst eher blaß. Es lag keinerlei Arroganz in seinem Blick, auch nicht in seiner Haltung, sondern, im Gegenteil, eine gewisse Demut, eher eine Unterwürfigkeit, wie sie Malétras bei einem seiner Angestellten erwartet hätte.

Er war anständig, das traf wohl am ehesten zu. Anständig seiner Kleidung, seinem Benehmen nach.

»Ich wollte Ihnen außerdem sagen, daß ich Le Havre heute abend verlasse.«

»Ich habe da...«

Der andere verstand sofort, wehrte ab:

»Oh, es ist nicht so, wie Sie denken. Was wir vermeiden wollen, ist, daß man sich über ihr Verschwinden wundert.«

Er sprach Lulus Namen nicht aus, doch Malétras hatte verstanden.

»Die Hauswirtin, meine ich, wird nicht lang grübeln, denn ich habe alles mitgenommen. Daß sich Mieter solcher möblierter Zimmer einfach davonmachen, passiert oft, und da wir ihr nicht viel schuldeten, wird sie sich kaum die Mühe machen, zur Polizei zu laufen. Besser wir gehen weiter.«

»Pardon!«

Schon wieder! Sollte es ihm zur Gewohnheit werden, sich alle Augenblicke zu entschuldigen, er, der sich bei niemandem je entschuldigt hatte?

»Am heikelsten ist es mit den Eltern, denn sie hat ihnen mindestens einmal die Woche geschrieben, und zuweilen kam auch einer ihrer Brüder oder eine ihrer Schwestern sie in Le Havre besuchen. Ihnen muß man sogleich schreiben, deswegen gehe ich fort. Ich habe Nizza gewählt, weil es weit weg ist. Aber zuerst muß ich nach Paris, jemand besuchen, ohne den kommen wir nicht aus.«

Das *wir* ließ Malétras zusammenzucken, doch er schaute weiter nach den Schiffen hin, die in der Sonne entladen wurden.

»Er ist ein sehr versierter Bursche, der vor allem in gefälschten Personalausweisen und Pässen macht. Ich kenne ihn nicht persönlich, habe aber von ihm reden hören. Er soll Schriften so gut nachahmen, daß wirklich jeder darauf reinfällt. Ich habe Proben von Lulus Schrift. Er kann sie nachmachen, und dann schreibt quasi *sie* ihren Eltern, daß sie in Nizza ist, dann anderswo, immer weit weg, verstehen Sie?«

Er redete ganz nüchtern, und gerade diese Nüchternheit war gräßlich.

»Sie sehen, ich tue, was ich kann. Für einen falschen Paß verlangt der Mann etwa zweitausend. Ich meine, wenn man ihm tausend Francs pro Brief anbietet, steigt er ein.«

»Ich habe Ihnen Geld mitgebracht.«

»Warten Sie. Ich werde ihn vier oder fünf Briefe im voraus schreiben lassen. Sagen wir fünf. Fünftausend Francs. Die ersten gebe ich in Nizza auf. Ich habe mich nach den Reisekosten erkundigt. Dritter Klasse ...«

»In diesem Umschlag sind hunderttausend Francs.«

»Das ist zuviel. Sie verstehen mich falsch. Ich will Ihnen kein Geld abnehmen, bloß was ich notwendig brauche. Sagen wir fünftausend Francs für meine Auslagen, fünftausend für die Briefe ...«

»Da, nehmen Sie! ...«

»Achtung ... Wir werden beobachtet. Sie beleidigen

mich wirklich ... Wenn ich das getan habe, dann, damit Sie aus dem Schneider sind.«

Sie standen im gleißenden Sonnenlicht; die Krane arbeiteten, und die Säcke, die auf den Quai fielen, wirbelten schimmernden Staub auf.

»Geben Sie mir einfach zehntausend Francs! Wenn ich mehr brauche, schreibe ich Ihnen oder komme vorbei. Keine Angst, ich schreibe Ihnen nicht nach Hause, sondern zu Poineau. Unterzeichnen werde ich bloß mit einem J. Sie sind ja dann im Bild ...«

»Sind Sie sicher ...« begann Malétras.

Er brachte die Worte nicht über die Lippen. Was er wissen wollte, war ...

»Schon recht. Sie brauchen nichts zu befürchten. Man wird sie nicht finden ...«

Dann, als er sah, daß sein Gefährte bocksteif stehenblieb, vielmehr erstarrt, wie ein Kranker in der Erwartung eines bevorstehenden Anfalls, beeilte sich Joseph, hinzuzufügen:

»Was wollen Sie? Sie können nichts dafür! Ich habe ihr immer wieder gesagt, daß sie es zu weit treibt. Es war nicht Bosheit, glauben Sie mir. Sie konnte nicht anders, es war ein Backfischstreich. Hier: Behalten Sie den Rest! Ich brauche nur zehn Tausender. Ich bestehe darauf. Sonst machen Sie sich ein falsches Bild.«

Wo gingen sie dann auseinander? Malétras weiß es nicht. Noch immer hat er in der Tasche seine rechte Hand um ein Bündel Banknoten geklammert. Er ist gelaufen, hat Drehbrücken überquert, ist Docks und Quais entlanggegangen, ohne zu wagen, sich umzudrehen, aus Angst, hinter sich Josephs Gestalt zu entdecken.

Plötzlich bleibt er bocksteif stehen. Auf der Straße kommt ein Trauerzug vorbei, ein Leichenwagen einfachster Klasse, nur von einem Mann und einem Kind gefolgt.

»Lulu«, kommt es deutlich über seine Lippen.

Panik erfaßt ihn, ihm wird bewußt, wenn er so weitermacht, ist er verloren. Er muß um jeden Preis wieder zu sich selbst finden, wieder Malétras werden.

Wo mag Joseph jetzt stecken? Zweifellos ist er zum Bahnhof geeilt, wartet dort auf seinen Zug.

Und Lulu ... Am Vorabend um diese Zeit ...

»Geben Sie mir ein Glas Wasser, bitte.«

Er ist in eine Bar gegangen. Er schreckt zusammen, als er hinter der Theke hervor eine kleine kränkliche Kellnerin auftauchen sieht, eine Art Lulu, die ihn überrascht ansieht und fragt:

»Fühlen Sie sich nicht wohl?«

In der Meinung, einen angekränkelten Betagten vor sich zu haben, fährt sie, gleichsam um ihn zu beruhigen, fort:

»Wenn es erstmals richtig heiß wird, und man ist nicht darauf vorbereitet, passiert das manchem ...«

Er lächelt ihr zu. Er schämt sich dieses Lächelns. Er nimmt es sich übel. Er sucht in der Tasche nach Kleingeld und findet keines.

»Nein, lassen Sie nur. Ich werde Sie doch für ein Glas Wasser nicht bezahlen lassen.«

Man hat *ihm*, Malétras, ein Glas Wasser spendiert, ausgerechnet ihm! Und er bedankt sich auch noch dafür! Er dreht sich sogar um, um danke zu sagen! Wird er etwa weichherzig?

Er ist jetzt wieder einigermaßen im Lot. Es gelingt ihm, nicht mehr an Joseph zu denken, nicht länger seine monotone, allzu sanfte Stimme zu hören. Warum bloß hat sich der Bursche so anständig benommen, so zurückhaltend?

Er hatte hunderttausend Francs vorbereitet, und nun bleiben ihm neunzigtausend, die genierlich werden können.

Hermine ist damit beschäftigt, mit den Dienstmädchen den zweiten Stock zu putzen und aufzuräumen. In der vorangehenden Woche war Großreinemachen im ersten gewesen. Nächste Woche kommt dann das Erdgeschoß an die Reihe.

Er ist inzwischen wieder im Stadtzentrum angelangt, und weil es seine übliche Zeit dazu ist, wendet er sich zum *Cintra*. Zudem muß er dorthin. Er darf nichts an seinen Gewohnheiten ändern.

Zwei Verliebte sitzen Händchen haltend hinter den Grünpflanzen der winzigen Terrasse unter dem tiefroten Sonnendach. Die großen Fenster stehen weit offen, und die vier Bridgespieler sind am angestammten Platz, mit rosigen Gesichtern, wie wohlgepflegte Greise.

Émile stürzt herbei, um ihm seine Melone abzunehmen, und Malétras ist nahe daran, ihm zuzulächeln, als er sich ermannt und statt dessen etwas in seinen Bart brummelt.

Steuwels hält es ihm gegenüber für angebracht, ihm vertraulich zuzuzwinkern, während Malétras die Schultern zuckt und sich grußlos setzt; so hat es sich eingebürgert. Er lehnt sich etwas zurück und nimmt aus der Tasche das goldgefaßte Zigarrenetui, dann aus der Westentasche den guillotineartigen Zigarrenschneider.

Es funktioniert: Im Moment, in dem er sein Feuerzeug klicken läßt, tauschen die anderen einen Blick aus, den altbekannten Blick, ihr Späßchen, das nicht erlahmt, das nie erlahmen wird, und Malétras, den blauen Rauch vor sich hinblasend, sagt still für sich:

›Diese Schwachköpfe!‹

Und der blöde arme Émile; weil man ihm einmal dankbar zugelächelt hat, kommt er wie ein schwanzwedelndes Hündchen herbeigeeilt, um ihm einen kleinen Teller Sardellenhäppchen zu bringen.

3

Es mußte ungefähr halb zehn Uhr sein. Sie hatten schon vor einer Weile gegessen und waren dann, wie jeden Abend, in den kleinen Raum hinübergegangen, der an den Salon angrenzte. Die Dienstboten nannten ihn das Boudoir. Malétras, der diesen Ausdruck genierlich fand, vermied es, das Zimmer namentlich zu erwähnen, oder er schlug vor: »Wenn wir nach nebenan gingen?«

Hermine ihrerseits sagte einfach: »Zu mir rüber.«

Denn als Malétras das Haus im Hinblick auf ihre Heirat bauen ließ – die Begriffe Heirat und Haus waren für sie so eng verknüpft, daß sie nie das eine ohne das andere in Betracht zogen –, als also Malétras in der Rue de la Commanderie bauen ließ, war ein Problem aufgetaucht, das der Möbel. Beide besaßen sie ihre Einrichtung. Jene von Malétras war massiver, aus dunklem Eichen- und Nußbaumholz, denn er schätzte den Eindruck von Solidität, den altes Holzwerk schafft. Die Einrichtung Hermines dagegen – der Generalin, wie manche sie noch immer nannten – war grundverschieden: Ein Sammelsurium von antiken Möbelchen wie die, mit denen sie diesen Raum ausgestattet hatte, viel eingelegtes Holz, zierliche Beistelltischchen, Sekretäre, die sich scheinbar kaum auf ihren grazilen Beinen halten konnten, mit Geheimfächern und Auszügen. Dann auch modernisierten Louis-seize, so zum Beispiel im Schlafzimmer. Endlich stammte von ihr noch der Lüster im großen Salon, während dessen übriges Mobiliar neu war, von beiden gemeinsam ausgewählt.

Sie schrieb. Malétras saß in einem kleinen Lehnsessel, dem einzigen, bei dem ihm gestattet war, es sich allabendlich mit aufgeknöpfter Weste so richtig bequem zu machen. Er las seine Zeitungen, vielmehr tat er an diesem Abend so, als lese er sie, nahm flüchtig ein paar Worte auf, vereinzelte Schlagzeilen, und blätterte die Seiten um, wobei er seine gewohnten Seufzer ausstieß. In Wirklichkeit dachte er nach. Er hob den Kopf und blickte seine Frau über den Zeitungsrand hinweg an: ›Was täte sie, wenn ich ihr alles erzählte?‹ überlegte er.

Da war keiner unter seinen Freunden, der ihm nicht im Brustton der Überzeugung immer wieder versichert hätte: ›Hermine ist eine erstaunliche Frau!‹

In erster Linie besaß sie natürliche Eleganz und war überall am richtigen Platz. Nicht nur war sie selbst gänzlich unbefangen, sie half den andern über ihre Befangenheit hinweg. Sie war sanft. Nie hob sie die Stimme. Sie begnügte sich damit, kurz den Kopf zu schütteln, und wies sie jemanden zurecht, so tat sie ihre Mißbilligung stets in nachsichtigem Ton kund:

»Aber Jules! Was haben Sie bloß wieder angestellt.«

Sie ging stets hell und Ton in Ton gekleidet, ihr Gesicht war rosig unter dem beinahe weißen Haar, und abends an ihrem Sekretär setzte sie eine Brille mit massivem Schildpattgestell auf; sie führte ihre Haushaltsbücher, ging die Abrechnungen der Lieferanten und der Pächter durch oder beantwortete Briefe von Freundinnen, mit denen sie in Verbindung geblieben war.

Und jeden Abend fragte sie Malétras, der nach wie vor einen Heidenrespekt vor ihr hatte: »Sie rauchen ja gar nicht, mein Lieber?«

Wie würde sie es aufnehmen, wenn er ihr, ja, jetzt gleich, erzählte, daß er Lulu getötet hatte? Sie kümmerte sich gern um andere, um ihn, die Dienstboten, die Tiere. Sie liebte es, Heiltees und Arzneien zu verabreichen. Was aber, wenn er ihr eröffnete: ›Zur Stunde sollte ich hinter Gitter sein. Eigentlich gehöre ich nicht mehr zur menschlichen Gemeinschaft, denn ich habe getötet.‹

Eigenartigerweise stimmte es ihn zuversichtlich, daß er solcherlei Überlegungen anstellen und nichts sagen, weiterhin seine Zigarre rauchen und vorgeben konnte, er lese. Er hatte seinen ersten Tag als Mörder unbeschadet überstanden, und der war bestimmt der schlimmste. Er mußte lernen, damit zu leben, wie man mit allem zu leben lernt. Und nachdem er einen Tag durchgehalten hatte, war die Gefahr fürs erste gebannt.

Am härtesten, das wußte er bereits, würden ihn die Stunden am Tag ankommen, die er bislang mit Lulu verbracht hatte, nachdem er gegen halb sechs das ›Cintra‹ verlassen und in die Impasse de la Pie gegangen war, bis er kurz vor acht, wenn in der Rue de la Commanderie das Abendessen aufgetragen wurde, zu Hause eintraf.

Heute wäre er beinahe im ›Cintra‹ geblieben, bei den

andern. Doch war es nicht unvorsichtig, wie auch immer von seinen Gewohnheiten abzuweichen und den andern dadurch zu verraten, daß es neuerdings eine unausgefüllte Stunde in seinem Tagesablauf gab?

Als er kurz nach sechs allein auf der Straße stand, hatte er beinahe einen Rückzieher gemacht. Er wußte nicht wohin. Er mußte sich einen Ruck geben, um nicht automatisch den Weg zu dem Gewirr von Gäßchen einzuschlagen, in die er den ganzen Winter zu dieser Stunde seine Schritte gelenkt hatte. Er wurde es müde, ziellos durch die belebten Straßen zu laufen. Ihm war heiß. Der Schweiß perlte ihm auf dem Gesicht. Er fühlte sich plötzlich alt. Er wagte nicht, sich auf die erstbeste Caféterrasse zu setzen. Es schien ihm zu riskant, denn was, wenn ein Bekannter ihn da an einem der Tischchen hätte sitzen sehen.

Es war mehr ein körperlicher als ein seelischer Zustand. Das Fehlen eines Zufluchtsorts. Fast hätte er die Straßenbahn genommen, wie am Vorabend, doch es war noch kompromittierender, in einem Viertel gesehen zu werden, wo er nichts verloren hatte.

Als er deshalb gegen halb sieben tatsächlich zu müde war, um weiter umherzuwandern, trat er in einer von Kindern wimmelnden Straße bei einem Weinhändler ein. Niemals hätte er früher auch nur einen Fuß in einen solchen Ausschank gesetzt, und er war entsprechend überrascht, saubere Tische vorzufinden, eine blankpolierte Zinktheke. Gäste gab es keine. Man fragte sich, was sie hier verloren hätten. Eine Frau mit geschwollenen Beinen war mühsam in Pantoffeln aus der Küche herbeigeschlurft, in der Kanarienvögel zwitscherten.

Sie zeigte keinerlei Verwunderung, obschon sie bestimmt nicht gewöhnt war, Leute wie ihn in ihrer Kaschemme auftauchen zu sehen.

»Was darf's sein?«

Malétras hätte am liebsten Wasser getrunken, wie vorhin in einem anderen Café, doch das wäre wiederum ein Fehler gewesen.

»Es ist heiß«, brummte er, um Zeit zum Überlegen zu gewinnen, denn er mochte keinen Schnaps.

»Einen Anisette mit Wasser? Das ist bei diesem Wetter noch am besten.«

Da war er sich schon beinahe sicher, daß er von nun an täglich in dieses Lokal kommen und einen Anisette trinken würde. Die Frau hatte sich unweit von ihm hingesetzt und fuhr fort, eine Serviette zu flicken. Man hörte die Schreie der Kinder auf der Straße, das Bimmeln der auf der nahen Kreuzung vorbeirollenden Straßenbahnwagen, doch diesseits der Eingangstür herrschte so völlige Ruhe, daß man die Kuckucksuhr in der Küche ticken hörte.

Er war drei Viertelstunden geblieben. Er hatte zwei Anisettes getrunken, um nicht so lange hinter einem einzigen Glas zu sitzen. Er bemerkte, daß die Frau sich hinter der Theke auch einen einschenkte, und er dachte: ›Morgen werde ich sie zu einem Glas einladen, um mich bei ihr beliebt zu machen.‹

Wer weiß, die wäre womöglich nicht einmal sonderlich erstaunt, wenn er ihr auf den Kopf zu sagte: ›Ich habe ein Mädchen erwürgt.‹

Er würde es ihr natürlich nicht sagen. Er hatte nicht das Bedürfnis, davon anzufangen, aber es war tröstlich, davon ausgehen zu können, daß er reden konnte, wenn er wollte.

»Es klingelt!« bemerkte Hermine sachte, den Kopf hebend.

Ihre Blicke begegneten sich. Jules Malétras fühlte sich ertappt und war nun verzweifelt bemüht, seinem Gesicht einen gleichgültigen Ausdruck zu geben.

»Ob die Dienstboten es wohl gehört haben?«

Das hatten sie, denn die Haustüre ging auf und fiel wieder ins Schloß; Schritte hallten durch das Vestibül und über die fünf weißen Marmorstufen, dann trat Rose ein, schloß die Türe hinter sich.

»Der Neffe von Monsieur wünscht ihn zu sprechen.«

»Welcher Neffe?«

»Monsieur Philippe.«

»Warum haben Sie ihn nicht hereingebeten?« griff Hermine ein. »Ist das eine Art, ihn im Vestibül warten zu lassen?«

»Ich wußte nicht ...«

Er trat ein. Er war ein magerer nervöser junger Mann mit lebhaften Äuglein, gespanntem Ausdruck. Er war schwarz gekleidet und trug die Haare lang, in Dichtermanier.

»Guten Abend, Tante, guten Abend, Onkel. Entschuldigen Sie, daß ich störe ...«

»Setz dich.«

»Es ist ... Ich habe nicht viel Zeit ... Onkel, könnte ich kurz etwas mit Ihnen besprechen, unter vier Augen?«

Man merkte, daß er sich gestärkt hatte, ehe er klingelte. Sein Erscheinen war in der Tat ungewöhnlich. Hatte er jemals zuvor einen Fuß in dieses Haus gesetzt? fragte sich Malétras. Einmal vielleicht, am Anfang, aber nie ins Boudoir, in dem er sich nun unwillkürlich neugierig umschaute.

»Kannst du nicht vor deiner Tante reden?«

»Aber Jules! Wenn er doch gern unter vier Augen mit Ihnen sprechen möchte...«

Im übrigen war Philippe nicht Hermines Neffe. Ebensowenig war er ein Malétras. Mit ihm drang eine Welt in das Haus ein, die Malétras verhaßt war, ein ziemlich lästiger Rest Vergangenheit.

Malétras mochte arme Leute nicht. Nicht nur mochte er sie nicht, er konnte sie nicht ausstehen. Wirklich Arme hätte er zur Not ja noch ertragen, diese zerlumpten Existenzen, die das Kolorit gewisser Gassen, gewisser Viertel ausmachen. Er nahm auch die Armen vom Land aus, die Taglöhner, die wie sein Vater mit ihren Bälgern in einer Hütte hausten und sich im Tagwerk an Bauern oder Städter verdingten.

Sein Haß richtete sich vielmehr gegen kleine Leute, darunter die Familie seiner ersten Frau. Philippe war ein Neffe von ihr.

»Komm mit!«

Gewichtig, fast bedrohlich, stapfte er ihm voraus hinüber in sein Studierzimmer, denn wenn er auch nicht mehr eigentlich arbeitete, so hatte er dieses doch beibehalten.

»Komm rein. Setz dich. Was willst du schon wieder?«

Er hatte bewußt *schon wieder* gesagt. Persönlich hatte ihn der Jüngling nie um etwas angegangen, doch seine ganze Familie, seine Mutter, seine Tanten, Onkel, sie hatten sich immer an Malétras gehängt.

Und so was wohnte dann in säuberlich gefegten engen Häusern, ging korrekt gekleidet aus dem Haus, die Frauen nie ohne Hut und Handschuhe. Das Beste war gerade gut genug: Man schickte die Kinder auf die besten Schulen; man wollte gebildete Leute aus ihnen machen; doch letzten Endes mußten sie jeden Heller zweimal umdrehen, weil es nie reichte.

Das Büro war düster, weil Malétras es so gewollt hatte, weil er seit jeher in düsteren Büros gearbeitet hatte. Aus seiner Anfangszeit stammten auch die Möbel, die grünen Ordner, das Pult mit dem eingelegten Filzrechteck und der Sessel mit gerundeter Lehne, der sich Malétras' Rücken genau anschmiegte.

»Hören Sie, Onkel ... ich bin, wie Sie wissen, bei der Bank Véron ... Ich verdiene genug zum Leben ... Ich bin seriös ...«

Malétras konnte junge Leute nicht leiden, besonders nicht solche blassen nervösen Jüngelchen, die stets von irgendeinem Fieber befallen schienen, mit verhaltenem Schwung reden, weil sie sich für eine große Zukunft ausersehen wähnen.

»Weiß deine Mutter, daß du hier bist?«

»Nein, ich habe ihr nichts gesagt.«

»Und dein Vater?«

Noch einer von diesen unerträglichen Spießern, ein selbstzufriedener Buchhalter, der immer aussah, als versichere er einem: ›Aber ich, ich bin ehrlich!‹

Wenn diese Tölpel obendrein noch anfangen wollten, unehrlich zu werden! Sie brachten es nicht fertig. Angestelltennaturen, die sie nun einmal waren. Malétras waren sie zu Dutzenden vorgekommen. Dann und wann tauchte einer von ihnen in seinem Büro auf, steif und bebend zugleich, stolz und demütig.

›Es ist mir peinlich, heute in dieser Angelegegenheit vor Sie zu treten, Monsieur, mag mir glauben, daß so was heute erstmals vorkommt...‹ Und wenn er ihn dann kalt, an seiner Zigarre weiterkauend, die Melone wie festgeschraubt auf dem Kopf, taxierte: ›Sie wissen, meine Frau hat vergangenen Monat ein Kind zur Welt gebracht. Das Baby...‹

Was noch? Babys werden nun einmal krank. Und Frauen auch. Alle Frauen haben irgendwann einmal Unterleibsgeschichten. Ist eine Operation nötig? Ein Spitalaufenthalt? Na und? Geht ihn das was an?

›Wenn Sie mir nur tausend Francs Vorschuß geben könnten, die ich mit hundert Francs monatlich abzahlen würde...‹

›Sagen Sie, mein Lieber...‹

Der andere bebte vor Hoffnung.

›Haben Sie zuviel zum Leben, mit dem, was ich Ihnen gebe?‹

›Nein, Monsieur. Das wissen Sie doch.‹

›Nichts weiß ich. Ich zahle Ihnen monatlich soundsoviel als Entgelt für die Arbeit, die Sie für mich leisten. Ist das zuviel oder nicht?‹

›Nein.‹

›Wie wollen Sie dann künftig mit hundert Francs weniger im Monat leben? Das geht gar nicht, Sie sagen es selber. Ich kann nichts dafür. Es tut mir leid. Sie haben ein Kind gewollt, nicht wahr. Abgesehen davon, daß Sie schon zweimal innerhalb von vierzehn Tagen gebeten haben, früher nach Hause gehen zu dürfen.‹

Auch Philippe, der, seinen Filzhut befingernd, vor ihm stand, würde ihn um Geld angehen wollen, das ahnte er schon. »Hast du eine Dummheit gemacht?«

»Nein, Onkel. Es ist nicht das, was Sie annehmen. Ich habe lange gezögert, bevor ich kam, aber es geht um Leben und Tod ... Ich brauche unbedingt heute abend fünfhundert Francs.«

»Und du meinst, daß ich sie dir geben werde?«

»Ich zahle sie Ihnen in zwei Monaten zurück, vielleicht früher.«

»Hör zu, Philippe. Nachher wirst du, wie die anderen, sicher behaupten, ich sei ein Geizhals. Es ist aber nicht eine Frage des Geizes. Ich habe grundsätzlich mein Leben lang nie Geld ausgeliehen. Deine Mutter und deine Schwestern wissen das sehr gut. Als ich noch mein Geschäft hatte, sagte ich ihnen: »Kommt so oft ihr wollt. Ich gebe euch alles, was ihr braucht, zum Selbstkostenpreis. Damit spart ihr jeden Monat einen hübschen Batzen. Aber Kredit bekommt ihr ebensowenig wie sonst jemand.«

»Es ist nicht dasselbe«, stammelte Philippe.

»Was ist nicht dasselbe?«

»Ich will das Geld nicht für mich.«

»Für wen denn?«

»Ich sagte Ihnen schon, es geht um Leben und Tod.«

»Das sagen junge Leute immer. Du wirst sehen, daß sie sich nicht umbringt.«

»Wer?«

»Deine Freundin vermutlich? Einer von deinen Vettern war auch da und hat mir so was erzählt.«

»Was hat er Ihnen erzählt?«

»Deine Geschichte, die Geschichte aller Burschen deines Alters: Deine Freundin ist schwanger, nicht wahr? Ein anständiges Mädchen. Ihre Eltern sind nicht reich. Ihre Mutter verkauft vielleicht Heringe auf der Straße, aber es sind rechtschaffene Leute. Und du warst der erste. Du bist sicher, daß du der erste warst. Wenn du also nicht das Geld für die Abtreibung beschaffst...«

»Darum geht es gar nicht! Ich schwör es Ihnen!«

Als er es vorhin hatte klingeln hören, hatte Malétras es mit der Angst zu tun bekommen; denn mußte er bei unerwartetem Besuch nicht mit dem Schlimmsten rechnen?

Jetzt ist er nicht nur beruhigt, sondern mit sich selbst zufrieden. Besteht dazu nicht aller Grund? Gestern zur gleichen Zeit...

Und da sitzt er keine vierundzwanzig Stunden später im Vollbesitz seiner Kräfte in seinem guten alten Sessel diesem Neffen gegenüber, der gar kein Neffe ist, da ja seine erste Frau gestorben ist; ganz der alte Malétras, wie ihn alle kennen und vor dem so viele Leute gezittert haben.

Könnte ihn doch Émile, der Kellner vom ›Cintra‹, jetzt sehen! Denn weiß Gott, was Émile sich denken mochte, als er ihn dieses Lächeln einer verschüchterten, sittsamen Frau lächeln sah. Was war bloß in ihn gefahren, derart zu lächeln. Ausgerechnet er, und dazu dreimal. Zweimal hat er sich selbst so zugelächelt, gleichsam sich bedauernd, aus Selbstmitleid.

Wozu dieses Selbstmitleid? Ja! Wozu auch?

»Wenn es nicht darum geht, brauchst du keine fünfhundert Francs. Oder hast du etwa bei deiner Bank in die Kasse gegriffen und ...«

»Onkel!«

»Was, Onkel?«

Er hatte es auch getan – damals. Viele junge Leute tun es, oder es juckt sie in den Fingern. Wenn sie es dann nicht tun, so nur aus Angst. Bloß nachher verlieren die meisten die Nerven, lassen sich erwischen.

Das ist es, was Malétras verabscheut: alle diese Schwächlinge, diese maladen Jammergestalten, die sich für ehrlich halten, während sie ganz einfach Schiß haben!

»Ich schwöre Ihnen, beim Haupt meiner Mutter ...«

»Laß deine arme Mutter aus dem Spiel!«

Noch einer von denen, die dauernd jammern und meinen, das Schicksal sei ungerecht, wo sie doch bloß so leben, wie sie es verdienen. Hat nicht jeder das Leben, das er verdient?

»Ich schwöre Ihnen, ich habe nichts Unrechtes getan.«

»Um so schlimmer für dich.«

»Was sagen Sie da?«

»Nichts. Ich nicht. Du bist es, der hier klingelt wie ein Irrer und mir fünfhundert Francs abknöpfen will.«

Die Lippen des Burschen zitterten, als wollte er gleich zu weinen anfangen.

»Nun, gut! Versprechen Sie, es für sich zu behalten?«

»Wenn dir an deinem Geheimnis liegt, dann behalt's für dich.«

»Lesen Sie diesen Brief!«

»Ich soll ihn lesen? Wohlgemerkt, ich habe dich um nichts gebeten.«

Ein schon zerknittertes Blatt Papier wird ihm entgegengestreckt, und Malétras holt aus seiner Tasche den Zwicker hervor, den er zum Lesen braucht.

»Es ist der Sohn eines Ihrer Freunde.«

Malétras hört nicht hin. Er liest:

Mein lieber Philippe,

du hast dich gewiß gefragt, was mit mir los ist und warum ich plötzlich, ohne dir etwas davon zu sagen, verschwunden bin. Ich kann nichts dafür, und mit diesem Brief halte ich bereits nicht ganz Wort.

Ich habe dir erzählt, daß mein Vater Briefe von Jeanne entdeckt hat, doch da er darüber kein Wort verloren hat, wußte ich nicht, welche Einstellung er ihr gegenüber hatte.

Eine Woche lang sagte er nichts. Ich bemerkte nur, daß er bedrückt wirkte und die Anfälle während der Mahlzeiten sich häuften.

Vorgestern hat er mich gleich nach dem Abendessen in sein Arbeitszimmer hinaufkommen lassen, nachdem er meine Schwester gebeten hatte, schon zu Bett zu gehen.

Er hat die Briefe vor sich auf den Tisch gelegt.

›Ich wollte mich erkundigen, bevor ich mit dir rede‹, begann er mit einer Stimme, die ich nicht an ihm kannte. ›Ich schwör dir, Jean, wenn diese Person deiner

würdig wäre, hätte ich dich heute aufgefordert: Heirate sie. Ich wäre darüber bekümmert gewesen, weil du zu jung bist, um zu heiraten, und weil dadurch deine Karriere ernsthaft in Frage gestellt würde, doch ich hätte es getan.‹

Du kennst meinen Vater. Besonders seit Mama so krank ist, liebt er uns mehr, als ein Vater je geliebt hat. Und obwohl er sich bemüht, keinen Unterschied zwischen meinen Schwestern und mir zu machen, merke ich, daß vor allem ich alles für ihn bedeute.

Er fuhr fort, mit seiner geschwächten Stimme, die zu hören mir weh tat: ›Du kannst mir glauben, Jean, wenn ich sage, daß es mir nur um dein Glück gegangen wäre. Ich hätte mich weder über die Herkunft des Mädchens aufgehalten noch über ihre Familie oder ihre Vermögenslage. Meine Erkundungen sind gründlich gewesen, und ich muß dir sagen, sie ist deiner nicht würdig. Einem unerfahrenen jungen Mann wie dir konnte sie alles vormachen, was sie wollte, doch mir mußte sie die Wahrheit gestehen. Sie hatte Liebhaber vor dir, das hat sie mir unter Tränen gestanden. Fast ein Jahr lang hat sie sich von einem von ihnen aushalten lassen, dessen Namen ich dir gerne nennen will, wenn du es wünschst…‹

Ich konnte ihm darauf nichts erwidern, denn ich wußte Bescheid. Doch du weißt auch, daß mich das alles nicht kümmerte, daß Vergangenes vergangen sein und Jeanne meine Frau werden soll, ungeachtet dessen, was sie getan haben mag, bevor sie mich kannte.

Ich habe nicht gewagt, das meinem Vater zu sagen, als er mir seine Entscheidung mitteilte. Da ich letzten

Monat einen leichten Rückfall meiner Brustfellentzündung hatte, hat er mich für zwei Monate nach Mont-Revard geschickt, wo ich schon vor zwei Jahren war.

›Du mußt mir dein Wort geben, daß du nicht versuchen wirst, mit ihr zu korrespondieren. Ich vertraue dir. Ich weiß, daß du deine Versprechen hältst. Ich habe Jeanne deine Abreise bereits angekündigt. Sie pflichtete mir bei, daß sie nötig sei. Ich habe ihr übrigens eine, wenn auch schwache Hoffnung gelassen. In ein paar Monaten, wenn du Zeit gehabt hast, dir über dich klarzuwerden, und sie ihrerseits wieder allein gelebt hat, können wir die Sache gemeinsam nochmals bereden.

Was soll ich dir sagen, mein lieber Philippe? Mein Vater ist krank. Der Arzt hat mir vor zwei Monaten erneut bestätigt, daß er sich tunlichst nicht aufregen soll. Ich bin auf seine Bedingungen eingegangen und noch am selben Abend abgereist. Er hat mir beim Packen geholfen und mich zum Bahnhof gebracht. Ich glaube, er war ebenso gerührt wie ich, als wir uns trennten ...

Malétras hob die Augen und schaute kurz seinen Neffen an, der bebend vor ihm stand.

»Na?«

»Lesen Sie weiter.«

Mir ist inzwischen klargeworden, daß ich nie glücklich werden kann und mein Vater nie einwilligen wird. Ich bin allein im Hotel, denn die Saison ist noch nicht angegangen. Gestern bin ich den ganzen Tag spazierengegangen und habe lange auf einem Felsen gesessen, der ganz rosig war. Ich werde heute abend wieder hingehen. Zweifellos auch morgen. Von da aus überblickt man den ganzen Lac de Bourget, und wenn ich in das opalisierende Wasser hinabblicke, fühle ich mich schwindlig werden, fühle auch, nein weiß, daß ich eines Abends nicht mehr widerstehen werde und meine Füße unter mir nachgeben werden ...

So wird es am besten sein. Man wird es für einen Unfall halten. Du allein wirst die Wahrheit kennen. Du wirst es Jeanne sagen, und ...

»Ich kenne Jean. Er bringt sich um.«

Malétras blickte ihn aufmerksam an, und der Junge schöpfte wieder Hoffnung. Er ahnte nicht, daß sein Onkel sich an ein anderes Schriftstück erinnerte, daß er hinter den Zügen seines Neffen ein anderes Gesicht suchte.

Auch er hatte einen Sohn gehabt, einen Sohn und eine Tochter, genau wie der Vater, von dem in dem Brief die Rede war. Seine Tochter zählte nicht länger. Sie war mit diesem Hohlkopf Laniel verheiratet. Malétras hatte alles für sie getan. Er hatte ihr eine stattliche Mitgift ausgerichtet, ihr in der Nähe von Caen eine der schönsten Villen der Region gebaut. Ein Jahr lang, gleich nach dem Verkauf seiner Geschäfte, hatte er bei ihr und seinem Schwiegersohn gelebt. Er war Großvater geworden. Bei ihnen hatte er Hermine kennengelernt.

Und was war geschehen, als er seine Absicht ankündigte, sich wieder zu verheiraten? Seine Tochter war zu allen möglichen Anwälten gerannt und hatte ihm das

Leben sauer gemacht. Seither verkehrten sie nicht mehr miteinander, und wenn er sich zuweilen mit Laniel traf, dann wenn dieser nach Le Havre kam, um sich zu amüsieren und ohne das Wissen seiner Tochter.

Sein Sohn aber: Schön war er gewesen, eine rassige Erscheinung. Er glich nicht Malétras, sondern seiner Mutter. Er war bei allen beliebt. Die Zukunft stand ihm offen. Für ihn hätte sein Vater beliebig viele Millionen zusammengerafft.

Er war gestorben, nicht auf dem Mont-Revard, sondern in der Schweiz, wohin ihn die Ärzte geschickt hatten. Er starb im Alter von neunzehn Jahren, und keiner der Seinen war zugegen gewesen; Malétras betrieb unterdessen in Le Havre mehrere Geschäfte gleichzeit, um für seinen Sohn noch mehr Geld zu scheffeln.

Zwei Jahre danach erst, als er zum zehntenmal die Sachen seines Sohnes durchsah, stieß er auf ein Heftchen, in dem der Junge nebst selbstverfaßten Gedichten auch notiert hatte, was ihm durch den Kopf ging:

Es ist ein Jammer, daß wir unsere Eltern nicht aussuchen können wie unsere Freunde. Müssen die, die uns in die Welt gesetzt haben, uns ein Leben lang ihren Stempel aufdrücken?

Von meiner armen Mama habe ich die Neigung, die Dinge schwerzunehmen, denn sie war so unglücklich, daß ihr die Tränen gleichsam zum Opium wurden.

Manchmal frage ich mich voller Schrecken, ob sich nicht auch das Wesen meines Vaters meinem Körper und meiner Seele eingeprägt habe. Ich habe Angst, Wesenszüge von ihm ...

Malétras hielt die Augen geschlossen, und Philippe, an allen Gliedern zitternd, wagte nicht, diese unerwartete Träumerei zu unterbrechen. Schließlich öffneten sich die Lider, und den jungen Mann traf ein kalter Blick.

»Was willst du?«

»Es ist der Sohn Ihres Freundes Gancel, Onkel. Er ist mein bester Freund. Er ist für mich wie ein Bruder. Ich weiß, wenn man ihn dort allein läßt, setzt er seine Worte in die Tat um. Ich weiß auch, wenn ich hinführe und mit ihm reden könnte...«

»Hat er nicht einen kleinen blonden Schnurrbart?«

»Doch. Er ist zweiundzwanzig. Er studiert Jura, konnte aber aus gesundheitlichen Gründen nicht weitermachen...«

»Brauchst du die fünfhundert Francs, um zu ihm zu fahren?«

»Ja. Ich habe bei der Bank fünf Tage Urlaub erbeten. Mein Koffer steht bereit. Es gibt einen Zug kurz vor Mitternacht.«

»Ich wette, du hast deinen Koffer schon am Bahnhof eingestellt.«

»Ja.«

»Hast du deinen Eltern gesagt, daß du mich um das Geld angehen wolltest?«

»Nein.«

»Warum nicht?«

Philippe schwieg, senkte den Kopf.

»Warum nicht? Traust du dich nicht zu antworten? Weil deine Eltern mich nicht ausstehen können, deshalb? Gib's zu.«

»Sie mögen Sie vielleicht nicht sehr.«

»Weil ich reich bin und sie arm! Weil alle, alle aus deiner Familie jedenfalls, ohne Ausnahme, irgendwann zu mir gekommen sind, um mir etwas vorzujammern, wie du gerade.«

»Ich jammere nicht.«

»Du bettelst.«

»Nicht für mich.«

»Für deinen blöden Freund, der sich für einen Romanhelden hält. Und du, weißt du, warum du dorthin willst? Ich werde es dir sagen. Erstens, weil's dir Spaß macht, eine rührende Geschichte zu erleben. Du nimmst dich ernst. Du spielst eine Rolle. Außerdem bist du ganz froh, für fünf Tage deinem Büro zu entrinnen, wo du dich langweilst, du bist heilfroh, verreisen zu können, einen Nachtzug zu nehmen, noch dazu über Paris zu fahren, die Berge zu sehen, die du noch nie gesehen hast.«

»Geben Sie mir den Brief zurück.«

»Du dringst also nicht weiter in mich. Willst du das Geld nicht mehr?«

»Nein.«

»Bist du zu stolz dazu?«

»Noch nie hat mich jemand des Bettelns bezichtigt.«

»Tja, entgegen deiner Erwartung werde ich dir die fünfhundert Francs geben, vielmehr leihen.«

»Danke, Onkel.«

»Aha! Eben wolltest du sie nicht mehr, und schon bedankst du dich. Nur wirst du mir eine Quittung ausstellen und dich verpflichten, mir monatlich hundert Francs zurückzuzahlen.«

»Ja, Onkel.«

»Nimm ein Blatt. Setz dich hierher. Nicht diese Feder, das ist meine. Den roten Federhalter. Schreib. ›Der Unterzeichnete ...‹«

Wie er ihn in diesem Augenblick doch verabscheute, diesen jungen Mann, den er unter seiner Hand, die er ihm auf die Schulter legt, erbeben fühlt, einer schweren Hand, als wollte er ihm dadurch das Gefühl geben, von Malétras' Hand zermalmt zu werden.

Er haßt ihn, weil er neunzehn Jahre alt ist, weil er nicht an sich zweifelt, weil er, angstvoll und mit sich im Zwiespalt zwar, ungestüm und siegessicher vorwärtsdrängt. Er verabscheut ihn, weil er ein Neffe von Louise ist, die sterbend ihren Mann verwünschte, und ein Vetter Henris, seines Sohnes, der gleichfalls starb, nachdem er seinem Notizheft anvertraut hatte:

Manchmal, da frage ich mich voller Schrecken, ob sich nicht auch das Wesen meines Vaters meinem Körper und meiner Seele eingeprägt habe.

Sie hassen ihn alle. Wie würde der junge Mann vor ihm reagieren, wenn Malétras ihn jetzt, unvermittelt, zwänge, ihm das Gesicht zuzuwenden, ihm in die Augen zu sehen, und dann sagte: ›Ja, sieh mich nur an. Sieh dir genau an, aus welchem Holz dein Onkel Malétras, den du zu kennen meinst, geschnitzt ist. Gestern um diese Zeit war er so unglücklich, so elend, daß er mit seinen dicken Fingern einer Frau die Gurgel zugedrückt hat, einer Göre, wie das Mädchen, deretwegen dein Freund Jean sich umbringen will. Dein Onkel aber, der hat sie erwürgt. Verstehst du jetzt?‹

Was würde der Bursche schon verstehen?

Er wird sich in acht nehmen müssen. Malétras wird sich dessen plötzlich bewußt. Erst hat er nur mit der Idee gespielt, jetzt wird es bereits zur Versuchung. Vorhin, mit Hermine im Boudoir, das er nicht so nennen mag, hat er nur so für sich erwogen: ›Wie würde sie es aufnehmen, wenn ich ihr alles erzählte?‹

Weiter ist er nicht gediehen. Er hatte nicht wirklich Lust, das Experiment zu wagen.

Jetzt hingegen, wie er so hinter Philippe steht, eine Hand auf der Schulter des Jungen, der mit hochroten Wangen schreibt, was er ihm diktiert, fühlt er sekundenlang seine Atmung sich beschleunigen, wie wenn er erregt ist, und er hält kurz in seinem Diktat inne.

›Wenn ich ihm sage ...‹

Der junge Mann, der seine Stimme nicht mehr hört, wendet verwundert halb den Kopf, und da kehrt Malétras' Kaltblütigkeit zurück.

»... in monatlichen Raten zu hundert Francs.

Setz Datum und Unterschrift drunter. Da sind deine fünfhundert Francs, und verschwinde.«

»Danke, Onkel.«

»Nein.«

»Wie bitte?«

»Ich brauche deinen Dank nicht.«

»Gut. Soll ich nicht meiner Tante noch gute Nacht sagen?«

»Es lohnt sich nicht, sie zu stören. Du kannst gehen. Den Weg kennst du, und schlag die Türe nicht zu!«

Er verabscheute es, wenn Türen knallen.

Er bleibt in seinem Büro zurück, aufgerichtet, macht

dann das kupferne Tintenfaß zu, legt die Feder an ihren Platz zurück, steckt die Quittung in seine Brieftasche.

Plötzlich schrickt er zusammen. Er mag schon lange so dastehen, reglos, als er schleichende Schritte über das Parkett näherkommen hört. Hermine ist ins Zimmer geschlüpft, die Brille auf der Nase, den Federhalter in der Hand.

»Ich habe mich gefragt, was Sie hier tun. Er ist schon vor einer Weile weggegangen. Wollte er Geld?«

»Ja.«

»Haben Sie ihm welches gegeben?«

Und weil er sich vor ihr schämt, nachgegeben zu haben, richtet er sich steif auf, schaut sie herausfordernd an und schnarrt:

»Warum nicht?«

4

Noch keine zwei Tage waren seit dem Geschehnis vergangen, und er war imstande, aufs sorgfältigste die Gepflogenheiten einzuhalten, die er sich zu wahren Regeln gemacht hatte. Zweiunddreißig Stunden, rechnete er sich aus, während er sich kurz nach halb sechs am zur Straße hin geöffneten Badezimmerfenster rasierte. Eine der Platanen reckte ihm ihr junges Laub bis auf knapp zwei Meter entgegen, und als er das Fenster aufmachte, stob eine ganze Schar Vögel davon. Sie mußten sich an den massigen Mann, mit den schaumbedeckten Wangen, feisten Schenkeln, die sich durch die Unterhose abzeichneten, gewöhnt haben, denn sie kamen einer nach dem anderen wieder auf ihren Sitz in den Ästen zurück.

Es gibt Leute, die früh aufstehen, aber den Tag im Negligé beginnen, mit verschwitztem Körper und trockenem Mund, die Füße in Latschen. Malétras hatte dagegen, wenn er morgens etwa gleichzeitig wie Eugénie hinunterging, schon sorgfältig Toilette gemacht.

Wie alle Tage war sie über ihr Feuer gebeugt, das anzuzünden ihr nie auf Anhieb gelang. Wie alle Tage blieb er in der Küche stehen, um ihr zuzuschauen, und er konnte ein Seufzen nicht unterdrücken. Sie war sich bewußt, daß er hinter ihr stand. Sie fand sein Schweigen und seine Seufzer unausstehlich. Sie haßte ihn.

›Nie werde ich mich an einen Hausherrn gewöhnen können, der um sechs Uhr früh in die Küche herunterkommt. Der verstorbene Monsieur stand auch früh auf, aber er wartete im Eßzimmer, bis ich ihm sein Frühstück von der Ordonnanz bringen ließ.‹

Denn Eugénie war eine Hausangestellte Hermines. Seit mehr als zwanzig Jahren war sie nun schon bei ihr. Während Malétras zum neuen Haushalt einen Teil der Möbel, des Silbers, des Geschirrs beigesteuert hatte, war sein Beitrag, was das Personal betraf, gleich Null gewesen. Rose war eine Neue. Germaine, die dreimal wöchentlich zum Nähen und Flicken kam, war eine ehemalige Schneiderin Hermines.

Nun holte Eugénie wütend den Petroleumkanister aus der Putzkammer, und sie tat das gewiß, *weil* es verboten war, und Malétras' stumme Mißbilligung stachelte sie zusätzlich an.

»Wenn Sie nicht wollen, daß mit Petroleum angefeuert wird, brauchen Sie bloß den Kamin umbauen zu lassen. Er zieht nicht. Wer kommt schon darauf, die Küche in den Keller zu legen?«

Das war es hauptsächlich, was sie demütigte. Der Architekt hatte die Küche im Kellergeschoß eingerichtet, die im übrigen geräumig und vorzüglich ausgestattet war. Doch durch die knapp über Straßenhöhe liegenden Fenster sah Eugénie nichts als die Füße und Beine der Vorübergehenden.

»Wenn ich aufmache, um zu lüften«, behauptete sie, »kann ich von Glück reden, wenn mir die Hunde nicht in die Töpfe pissen!«

»Haben Sie mir die Suppe aufgehoben, Eugénie?«

»Keine Bange, Sie werden mir schon nicht verhungern; Sie werden sie bekommen, Ihre Suppe!«

Während sie zum Aufwärmen auf den Herd gestellt wurde, ehe der Kaffee aufgegossen war, öffnete Malétras den Kühlschrank, wo er stets Reste fand, die ihm schmeckten, etwas Huhn, einen Zipfel Wurst, ein Stück Pastete.

»Wann haben wir Hammelkeule gegessen, Eugénie?«

»Daran sollten Sie sich so gut erinnern wie ich.«

»Es ist mindestens fünf Tage her.«

»Wenn Sie das sagen, dann muß es wohl so sein.«

»Was macht dann dieser Rest Hammelkeule im Kühlschrank?«

»Jedenfalls bringt er Sie zum Reden.«

»Wann hatten Sie vor, sie uns vorzusetzen?«

»Keine Ahnung.«

Er konnte nicht dagegen an: Es schmerzte ihn jedesmal, wenn er Nahrungsmittel verderben sah, und Eugénie hatte die schlechte Angewohnheit, Reste tagelang herumliegen zu lassen, bis sie schließlich weggeworfen werden mußten.

Vielleicht hätte es ihn noch mehr geschmerzt, wenn er sich nicht jeden Morgen mit Eugénie hätte streiten können, die keinerlei Respekt hatte vor ihm, gehässige Antworten gab, die Schultern zuckte, ihn mit brüsken Bewegungen bediente.

»Kommen Sie nur deshalb in meiner Küche essen, um dadurch Gelegenheit zu haben, Ihre Nase überall reinzustecken?«

»Ich esse, wo es mir paßt, Eugénie.«

»Sie essen, wie man Sie erzogen hat, ja.«

Er aß wie ein Bauer, wohl wahr. An dem Tisch aus Fichtenholz, ohne Tischtuch. Er hatte sich sogar eine große geblümte Schale gekauft, die ihn an seine Kindheit erinnerte und aus der er nun morgens seine Suppe aß. Es tat ihm manchmal leid, daß er nicht mehr sein Taschenmesser hervorziehen konnte, um sich damit schnell einen Kanten Brot oder einen Happen Fleisch abzuschneiden.

Was hielt Eugénie eigentlich genau von ihm? Er hätte es gern gewußt. Sie war eine der wenigen Personen, auf deren Meinung er etwas gab.

»Was ist denn heute morgen mit Ihnen, daß Sie mich so anschauen? Sie kommen mir vor wie so ein Bengel, der was ausgefressen hat und möcht's jetzt am liebsten gestehen.«

Und er, Malétras, hatte gerade gedacht: ›Wenn einer eines Tages dahinterkommt, dann Eugénie!‹

Sie war ungebildet; sie konnte kaum lesen und schreiben. Aber sie hatte die Gabe, Menschen zu durchschauen, besonders jene, die sie nicht mochte, infolgedessen Malétras mehr als jeden anderen.

›Angenommen, ich sagte ihr plötzlich: Eugénie, ich habe eine Frau umgebracht... Was würde sie tun? Ich wette, sie würde mir glauben. Zweifellos ist sie die einzige, die mir glauben würde. Sie würde nicht angstvoll zusammenzucken, bloß allenfalls raunzen: Dazu fähig sind Sie bestimmt!‹

Und er fuhr fort zu essen, während er weiter sinnierte: ›Ist Eugénie jemals auf den Verdacht gekommen, daß ich außer Haus ein zweites Leben führe?‹

»Sie würden sich besser beeilen, sonst macht der Hund wieder sein Geschäft in der Halle. So würde es wenigstens was nützen, daß Sie so früh aufstehen, wo Sie doch jeden Morgen ausschlafen könnten. Wie mir die leid tun, die früher für Sie arbeiteten, als Sie noch der mächtige Herr waren!«

Sie hatte recht. Es war Zeit, den Hund spazierenzuführen, eine kleine gelbe Straßenmischung mit kupiertem Schwanz, was ihn wie eine Wurst aussehen ließ, aber mit Augen von, wie Hermine behauptete, erstaunlicher Intelligenz.

Vormals, den größten Teil seines Lebens, war Malétras, wenn er um sechs Uhr morgens, die Melone auf dem Kopf und seine erste Zigarre zwischen den Zähnen, hinunterkam, zuerst über einen mit Kisten, Säcken und Fässern vollgestellten großen Hof gegangen, hinüber in die Ställe.

Er hielt damals, für Lieferungen in die Stadt, zwölf eigene schwere Wagenpferde mit massiv kupferbeschlagenem Geschirr, und die Hände in den Taschen pflanzte er sich dann neben den Stallburschen auf und beaufsichtigte sie dabei, wie sie die Tiere striegelten, kontrollierte die Haferration. Hernach trafen die Lagerarbeiter ein, dann die Angestellten, und Malétras war stets vor ihnen da, kalt, gebieterisch, wortlos, kein Gruß, kein Blick. Eine einzige Geste, wenn jemand etwas zu spät kam: dann zog er sein dickes goldenes Chronometer aus der Tasche, studierte das Zifferblatt, während er die Uhr wieder aufzog.

Jetzt machte er um sechs Uhr morgens die Haustüre auf, und dem hinausstürzenden Hund reichte es gerade noch bis zum ersten Baum, wo er das Bein hob, während sein Herr die Tür hinter sich schloß und wartete.

Dann liefen sie nebeneinander in der Sonne dahin. Da und dort wurde ein Fenster geöffnet, Dienstboten erschienen, um die Kehrichteimer an den Straßenrand zu schleifen. Er schritt aus, die Hände in den Taschen, sich gelegentlich umwendend, um sich zu vergewissern, daß der Hund ihm folgte; er ging bis zu einem eine halbe Stunde von zu Hause entfernten Kiosk, wo er jeweils die Morgenzeitungen kaufte.

Nun, daran würde sich nichts ändern; er hielt es an diesem Morgen genauso wie sonst und würde es auch künftig so halten.

Inmitten einer Grünanlage, wo der Aufseher seinen Rock noch nicht zugeknöpft hatte, blieb er stehen, blätterte rasch ein Lokalblatt durch, in dem jedoch nichts über Lulu zu lesen stand.

Es würde nichts über sie zu lesen geben. Joseph hatte es versprochen. Wie er das bewerkstelligte, war egal. Es war nicht mehr Malétras' Angelegenheit. Er hatte ihm zehntausend Francs gegeben. Was mit Lulus Leiche geschehen war, wollte er nicht wissen. Er wollte nicht daran denken.

Punkt acht Uhr öffnete er mit einem kleinen Schlüssel an seinem Schlüsselbund den Briefkasten, entnahm ihm die Post, warf einen Blick auf die Umschläge, legte die für Hermine bestimmten Briefe auf ein Tablett in der Halle.

Sein Leben lang hatte er einen minuziös geregelten Tagesablauf gehabt. Das war nicht eine Manie; es war eine hygienische Maßnahme. Er brauchte diesen stren gen Tagesablauf, diese Gliederung der ihm zerrinnenden Zeit, und er war überzeugt, daß er dieser Konsequenz sein unerschütterliches Gleichgewicht verdankte.

Er hatte es am Vortag wohl gemerkt, als er kurz nach fünf das ›Cintra‹ verließ: Fortan gab es ein Loch in seinem Zeitplan. Er wußte nicht, was mit den anderthalb Stunden anfangen, die er gewöhnlich in Lulus Zimmer verbracht hatte.

Der Zufall hatte ihn diesen seltsamen Ausschank betreten lassen, in dem nur eine alte Frau war, und er wußte bereits, ohne einen diesbezüglichen Entschluß gefaßt zu haben, daß er künftig täglich dorthin zurückkehren würde.

So war das Loch ausgefüllt.

Er zog sich in sein Studierzimmer zurück, erledigte seine Korrespondenz und öffnete und schloß Schubladen. Er hörte Hermine nach Rose klingeln, um sich das Frühstück bringen zu lassen, dann das Badewasser in die Wanne einlaufen. Er hörte auch den Motor des Autos seines Nachbarn, eines Arztes der Stadtklinik.

Hatte Eugénie etwas erraten? Nein, sicher nicht. Sie blickte ihn immer argwöhnisch und mürrisch an. Und wenn, wäre sie imstande, ihn bei der Polizei anzuzeigen?

Kaum! Wer weiß, ob sich an ihrem Benehmen überhaupt etwas ändern würde: Sie haßte ihn so sehr, in ihren Augen war er dermaßen infam, daß, sollte sie von seinem Mord an dem Mädchen erfahren, es ihren Haß und ihre Verachtung kaum noch zu steigern vermocht hätte.

»Kiki!… Kiki!…«

Aha! Hermine war mit ihrer Toilette fertig. Gleich würde sie herunterkommen. Vom Treppenabsatz im ersten Stock aus rief sie ihren Hund, unterhielt sich mit ihm in der Hundesprache. Malétras konnte Hunde nicht riechen, vor allem nicht diese kleinen Fiffis, die weder bissig noch zum Fürchten waren.

Da kam sie, öffnete die Tür zu seinem Studierzimmer. Er erhob sich.

»Guten Morgen, haben Sie gut geschlafen?«

Gewöhnlich vermied sie es, ihn mit Jules anzusprechen, so lächerlich fand sie diesen Vornamen. Sie brachte es auch nicht über sich, ihn *Chéri* zu nennen. Also lieber gar nichts. Außer wenn er sich einen Stock höher oder in einem anderen Zimmer befand und es unumgänglich war, dann rief sie: »Malétras!«

Sie war frisch und munter. Sie strahlte Gesundheit und Gelassenheit aus. Sie war stets gut gelaunt. Aber sie hatten sich nichts zu sagen, und bald ging sie hinunter in die Küche, um ihre Anweisungen zu geben.

Es war Zeit, zum Fischmarkt zu gehen. Er zündete sich eine neue Zigarre an, durchquerte einen guten Teil der Stadt, trat bei den Gebrüdern Poineau ein, die stets bei seiner Ankunft aufschreckten, als hätte er sie bei einem Unrecht ertappt. In diesem unbedeutenden Kleinbetrieb schuftete er so verbissen, als hätte er sein ganzes Vermögen dahinein investiert. Er hatte wieder seine alte Manie, trug ständig einen Tintenstift hinter dem Ohr, nahm die Melone weder im Büro noch in den Lagerräumen vom Kopf und schnarrte, sobald es klingelte, in den Telefonhörer:

»Malétras! Was gibt's?«

Daran änderte sich nichts. Er nahm die Straßenbahn, um nach Hause zurückzukehren. Fast immer brachte er einen Fisch oder einen Krebs mit. Er ging in die Küche hinab, um ihn in den Kühlschrank zu stecken, was ihm Gelegenheit gab, böse Blicke mit Eugénie zu wechseln.

Die Siesta. Das ›Cintra‹. Ein harter Blick für Émile, weil dieser, seit Malétras ihn einmal angelächelt hatte, wie ein Hund, den man zufällig und gedankenlos mal gestreichelt hat, sich an ihn anschloß, gleich eifrig angewedelt kam und es gar für nötig befand zu fragen: »Einen Impérial, Monsieur Malétras?«

Um dann, mit einem Augenzwinkern, den kleinen Teller Sardellenhäppchen vor Malétras hinzustellen, welchen dieser mit der Hand wegschob.

Malétras spielte nicht Karten. Er hatte nie im Leben Karten gespielt, außer an gewissen Abenden mit Lulu und Joseph, doch das war, als hätte es sich in einem anderen Leben zugetragen.

Er setzte sich hinter die Spieler, rauchte in kleinen Zügen seine Zigarre und sah ihnen zu. Er verstand nichts von Bridge. Als man ihm das Spiel erklären wollte, hatte er abgelehnt.

Warum blickte ihn der dicke Steuwels fragend an? So sind die Leute. Wenn man sich einmal an sie gewendet hat, meinen sie gleich, nun zu den engen Vertrauten zu gehören, so wie Émile, der sich einbildete, bei Malétras einen Stein im Brett zu haben bloß wegen eines zufälligen Lächelns.

Was mochten sie von ihm denken, die vier? Als er

sein Unternehmen verkaufte, hatte Dr. Verel bemerkt: »Sie machen einen Fehler. Sie werden sehen, es dauert keine sechs Monate, dann brauchen Sie einen Arzt.«

Er hatte keinen Arzt gebraucht. Er hatte es allein geschafft. Nie in seinem Leben hatte er jemanden gebraucht. Er war im Poineau-Betrieb eingestiegen. Und dann war da noch Lulu gewesen.

»In unserem Alter ändert man nicht plötzlich seine Gewohnheiten, besonders wenn man ein so aktives Leben geführt hat.«

Da spielten sie nun stundenlang Bridge, nahmen buntbedruckte Kartonblätter ernst, wenn nicht gar tragisch, und diskutierten endlos über eine Ansage von Karo zwei ohne Trumpf.

Alle vier, selbst Verel, der Sohn einer Dorfposthalterin, hatten schuften müssen, um es soweit zu bringen. Steuwels hatte in einer Brauerei als Kutscher angefangen, ehe er selber Brauer wurde. Devismes, so korrekt und gesittet, wahrhaftig schüchtern, wie er heute dasaß, war Holzfäller in Gabun gewesen.

Und jetzt?

Die Mehrzahl hatte Kinder, die schon verheiratet waren oder zumindest im heiratsfähigen Alter, und sie trafen sich zum Kartenspiel im ›Cintra‹, waren glücklich, Émile beim Vornamen zu rufen und ihren Stammtisch zu haben, an den sich ab vier Uhr nachmittags niemand anderes setzen durfte.

Betrachteten sie Malétras als zu ihrem kleinen Zirkel gehörig? Nicht ganz. Manchmal spielten sie auf irgendeine Geschichte an, die man zu erzählen vermied, wenn er dabei war. Manchmal trat, wenn er kam, plötzliches

Schweigen ein. Man folgte ihm mit den Augen, wenn er ging.

Welcher Unterschied bestand zwischen ihnen und ihm, und weshalb hatte es seit jeher ebendiesen Unterschied zwischen Malétras und den Leuten gegeben, mit denen er in Kontakt kam?

Er blickte auf seine Uhr. Immer, sogar unter einer öffentlichen Uhr, einer Bahnhofsuhr mit riesigem Zifferblatt, konsultierte er die eigene Taschenuhr nach der Zeit, auch mitten im Winter und selbst wenn er Mantel und Jacke aufknöpfen mußte, um sie aus der Westentasche zu ziehen.

»Émile!«

Würde Émile wohl ebenso dienstwillig herbeieilen, wenn er ihm unvermittelt erklärte: ›Übrigens, vorgestern, nachdem ich von hier wegging, habe ich eine Frau erwürgt‹?

Nicht ein einziges Mal während dieser vierundzwanzig Stunden hatte er an Lulu selbst gedacht. Er war nicht auf den Gedanken gekommen, das arme Mädchen zu bedauern, das mit neunzehn Jahren gestorben war und dessen Leiche sich nun weiß Gott wo befand.

Gewiß, sein Verbrechen verfolgte ihn, wenn man so die Tatsache umschreiben kann, daß ihm ständig bewußt blieb, daß ein Ereignis eingetreten war, das sein Leben veränderte.

Doch die Figur, um die es bei dem Drama ging, war nicht Lulu, sondern er. Lulu war bloß Zubehör.

Das eigentliche Drama, das ahnte er überhaupt erst, hieß Jules Malétras, Sohn des Briefträgers von Steenvoorde an der belgischen Grenze, der geheiratet hatte und zwei Kinder bekam, der die Malétras-Docks gegründet und sie dreißig Jahre lang aus eigener Kraft betrieben hatte, ein mächtiger und harter Mann, mächtiger und härter als alle, die er kannte, und der sich monatelang allabendlich unter Zwang den Hauswänden entlang in ein abscheuliches Zimmer am Ende einer stinkenden Sackgasse zu einem Mädchen geschlichen hatte, das nicht einmal hübsch war.

Und da hatte Malétras, weil sie sich an dem Abend nicht ausziehen wollte, weil sie kurz zuvor mit diesem gutangezogenen Hohlkopf Laniel im Auto davongefahren war, sie am Hals gepackt und erwürgt.

Die Stunde war da. Er hatte sich nicht getäuscht – weder am Vorabend noch an diesem Morgen –, als er vorausahnte, daß dies künftig seine Stunde sein sollte. Kaum hatte er das ›Cintra‹ verlassen und obschon die Straßen, durch die er ging, belebt und sonnendurchflutet waren, verfiel er einer Zwangsvorstellung.

Es war unwichtig, welches Wetter in Wirklichkeit herrschte und wie sommerlich bunt die Menge war: Für ihn roch die Luft winterlich, nach feinem Nieselregen; er sah vor sich Lichtpfützen unter den Gaslaternen; er spürte seinen dicken schwarzen Mantel auf den Schultern, an den Wangen die Berührung des aufgestellten Kragens, und dann wurde er auf einmal vom undurchdringlichen Dunkel des Armenviertels aufgesogen, tauchte in dessen Gewirr von Gassen ein.

Gereizt blieb er stehen: Da war er doch eben in die falsche Richtung gelaufen. Er fand das kleine Café vom Vorabend nicht wieder. Er hatte versäumt, sich die Straßennamen zu merken. Ihm war bang beim Gedanken, daß er diesen Ausschank, in dem er nur eine einsame halbe Stunde verbracht hatte, nie wiedersehen könnte.

›Ich bin von der Kreuzung her gekommen. Ich muß nach links abgebogen sein. Kurz danach stand ich vor der Kirche...‹

Er zerbrach sich den Kopf, welchen Weg er am Vorabend eingeschlagen haben mochte, und er hatte Glück, erkannte die offene Tür wieder, das Geschrei der auf der Straße spielenden Kinder, am Geruch die Schusterwerkstatt nebenan.

Erleichtert, als ob es wirklich wichtig wäre, trat er ein. Und wie am Vorabend war niemand in der kleinen Kneipe mit ihren vier Tischen und der blankpolierten Theke. Wie am Vorabend ging die Tür zur Küche auf, und er hörte das Gezwitscher der Kanarienvögel.

Die alte Frau in Pantoffeln erkannte ihn wieder und lächelte.

»Es ist noch immer heiß, nicht wahr?« sagte sie und schob sich hinter die Theke.

Im Café war es kühl. Es war eine besondere Kühle, in der sich Malétras bereits wohlig reckte. Die Sonne beschien die andere Straßenseite, drang aber nicht bis hinunter aufs Pflaster, wo die Steine glänzten wie in gewissen Vierteln, wo Malétras als Kind gewohnt hatte.

Nur die Fenster des ersten Stocks gegenüber, darunter ein geraniengeschmücktes Fenster, bekamen von der Sonne gleichsam einen kräftigen Pinselstrich.

»Einen kleinen Anisette?«

Begriff sie, daß künftighin am Gewohnten nichts geändert werden sollte? Sie nahm eine Karaffe, ging durch die Küche. Man hörte sie im Hof die Wasserpumpe betätigen, einen Augenblick herrschte Durchzug, und er erblickte einen Brunnenrand, wie auf dem Land, sah grünes Moos zwischen Pflastersteinen blitzen.

Dann holte sie ihre Handarbeit herbei, nicht mehr die Servietten, sondern eine blaßgrüne Strickerei.

Einer der auf der Straße spielenden Buben, sieben oder acht Jahre alt, pflanzte sich auf der Schwelle auf und schaute den Gast unverhohlen neugierig an. Die Alte blickte auf.

»Mach, daß du wegkommst, Fernand!« herrschte sie ihn an.

Auf dem gegenüberliegenden Bordstein hockten zwei kleine Mädchen, das eine mit einer dicken rosa Schleife im Haar, wie eine Puppe, und ein langer Rotzfaden lief ihr von der Nase zum Mund.

Die Alte schwieg. Malétras schwieg. Er rauchte noch immer seine Zigarre, sah vor sich hin ins Leere, und dann und wann stießen sie abwechselnd einen Seufzer aus, wie zum Zeichen, daß die Zeit verstrich. Man vernahm Geräusche, Stimmen von Frauen, die sich von einer Türschwelle zur anderen oder von Fenster zu Fenster etwas zuriefen, Kindernamen, deren Echo im ganzen Viertel widerhallte: »Germaine!... Germaine!... Willst du wohl heimkommen!... Paß auf, daß ich dich nicht holen muß...«

Mit kurzen, verstohlenen Blicken, die sie alsbald wieder zurückzog, wie eine Katze ihre Krallen, musterte die Alte ihren Gast von Kopf bis Fuß, und schon zwei- oder dreimal hatte sie den Mund geöffnet, als ob sie reden wollte, um ihn dann widerstrebend wieder zu schließen.

Eine Silhouette erschien im Rechteck des Eingangs. Ein langes, hageres brünettes junges Mädchen ohne Hut und mit nackten Beinen warf einen Blick in den Halbschatten, wollte sogleich wieder gehen. »Oh, Pardon ... da ist ja jemand ...«

»Komm rein, Martine ... Komm schnell ... Ich muß dir was geben.«

Das Mädchen, das in einer der umliegenden Gassen wohnen mußte, ging hüftwiegend durch das Café, entschuldigte sich, als sie sich vor Malétras vorbeischob, den sie neugierig und zugleich respektvoll beäugte.

»Komm ...«

Sie verzogen sich in die Küche, deren verglaste Türe mit einem Guipürevorhang versehen war. Malétras hörte sie eine ganze Weile flüstern. Die Türe ging wieder auf.

»Ich werde dich rufen lassen ...«, schloß die Alte ihre geheimnisvolle Unterredung.

»Ja, abgemacht ... Pardon, Monsieur ...«

Sie schaute ihn abermals an, diesmal etwas kühner als zuvor, worauf sie wie ein kleines Mädchen auf einem Bein die zwei Stufen hinaufhüpfte und sich den Häusern entlang trollte.

Die Alte hatte sich wieder hingesetzt, und man spürte, daß sie gleich anfangen würde zu reden. Sie war unschlüssig.

»So jung, noch ein wahres Kind«, murmelte sie schließlich mit einem süßlichen Lächeln, als spräche sie von einer Erstkommunikandin.

Malétras erwiderte nichts, schien nicht gehört zu haben.

»Sie ist eben erst sechzehn geworden ... Ab und zu schaut sie bei mir rein, einfach so ... Aber sie ist scheu ... Wie sie gemerkt hat, daß jemand da ist, wollte sie gleich wieder weglaufen.«

Merkwürdigerweise begriff er noch immer nicht. Er stierte vor sich hin. Worüber sinnierte er eigentlich? Er saß da wie in einem kühlen Bad. Er betrachtete die Reflexe auf den Gläsern, den Flaschen, er atmete den dumpfen und vulgären Geruch ein, nahm die Geräusche und Schreie von der Straße her auf.

»Sollte Ihnen so eine Kleine vielleicht Spaß machen ...«

Er schrak auf wie ein Mensch, den man weckt. Die Alte, die ihre Strickerei wieder aufgenommen hatte, glaubte einen Augenblick, daß er sich entrüstet auf Nimmerwiedersehen verziehen könnte. Da hatte sie also doch übereilt gehandelt, sich getäuscht. Es durchzuckte sie kurz, ob er etwa von der Polizei war, doch sie beruhigte sich gleich, denn es gab da untrügliche Zeichen: den Anzug aus feinem Tuch, die nach Maß gefertigten Schuhe, die sie schon abends zuvor bewundert hatte, die Wäsche, die Taschenuhr und die schwere goldene Uhrkette.

»Ich mein' ja bloß ...«

Er betrachtete sie wie einen Gegenstand, den man oft vor Augen hat, ohne ihn zu beachten, und den man plötzlich wahrnimmt.

»Es kommt vor, daß Herren wie Sie, die sich nicht gern anderswo mit Frauen zeigen und mal ganz ungestört sein wollen ... Mich kümmert ja so was nicht ... Man kann hier auch einfach auf ein Glas vorbeikommen ... Verstehen Sie mich nicht falsch ... Aber solche Mädels wie die Martine, die sehen müssen, wie sie durchkommen, die schauen halt ab und zu im Vorbeigehen bei mir rein ...«

Man merkte, daß ihr Verstand arbeitete, daß ihr nicht ganz geheuer war und ihr Gast ihr ein Rätsel blieb.

Wozu war er denn wieder hier aufgetaucht? Er war reich, das sah man. Auch, daß er ein solider, seriöser Mann war, aus ordentlichem Haus.

Und doch hatte sie etwas Untrügliches gewittert, etwas Verstohlenes, Schmachvolles.

Wenn er keine Laster hatte, weshalb ...?

Er sei denn, es war nicht dieses Laster?

Sie lächelte ihm zu, um ihn zu beschwichtigen. Sie fürchtete, er möchte davongehen.

»Sie sind nicht der erste Herr aus besseren Kreisen, wahrhaftig, auch aus der noblen Welt nicht, der bei der alten Marie auf ein Gläschen hereinschaut ...«

Das seltsamste war, daß er seinerseits plötzlich fürchtete, nicht mehr genehm zu sein. Nicht, daß man ihn vor die Türe setzen würde, selbstverständlich, denn hinauswerfen konnte man ihn nicht, aber daß man ihn künftig nicht mehr in die Spelunke einlassen würde.

»Geben Sie mir noch ein Glas«, sagte er. »Nehmen Sie auch eins.«

»Sie sind sehr liebenswürdig. Ich sage nicht nein ... Da hatt' ich schon Angst, Sie verärgert zu haben. Aber es ist ja nichts Schlechtes dabei, nicht wahr ...? Mann ist Mann ...«

Sie irrte sich in ihm, das spürte sie. Dabei hatte sie doch weiß Gott Erfahrung mit Männern, vor allem mit Männern dieser Sorte, in vorgerücktem Alter und reich, die woanders ein seriöses, komfortables Dasein führen und, wie man gewöhnlich sagte, zu Hause alles bekommen, was sie wollen.

»Ihr Wohl.«

»Auf Ihres.«

Sie ahnte nicht, daß sie ihm, ohne jede Absicht, zu einer Entdeckung verholfen hatte.

›Es ist doch nichts Schlechtes dabei, nicht wahr?‹ hatte sie gesagt. ›Mann ist Mann.‹

Er... nein, er war nicht deswegen gekommen. Das Mädchen, das vorhin hereingekommen war, begehrte er nicht, ein anderes auch nicht. In Wahrheit hatte er auch Lulu nie begehrt. Er hatte sie aus Eifersucht gewürgt, dabei liebte er sie gar nicht.

Hatte er überhaupt jemals eine Frau begehrt? Als er ein junger Bursche war, hatten sich seine Kameraden, soweit er welche hatte, über ihn lustig gemacht, weil er mit zwanzig Jahren noch keine Frau gehabt hatte.

Nicht aus Tugend. Auch nicht, weil er schüchtern oder gar impotent gewesen wäre. Was die Potenz anging, konnte er es mit jedem aufnehmen, jeden in den Schatten stellen, denn er war ungemein kräftig.

Die Frauen interessierten ihn nicht. Sie komplizierten bloß das Leben. Schockiert stellte er fest, daß man einem derart banalen Akt so große Bedeutung beimaß.

Er hatte geheiratet, weil er zu jener Zeit allein war, in einem möblierten Zimmer lebte und, aus Sparsamkeit, seine Mahlzeiten auf einem Gaskocher zubereitete.

Er war Angestellter eines Handelshauses gewesen. Abends besuchte er einen Buchhaltungskurs und brachte es fertig, nach Arbeitsschluß noch für mehrere kleine Geschäftsleute die Buchführung zu erledigen.

Er war Louise begegnet, die Verkäuferin in einem Süßwarengeschäft war. Sie war schön, das wußte er. Nicht hübsch, sondern schön. Sie war ein anständiges Mädchen und lebte mit ihrer alten Mutter und einer Schwester zusammen, die wie sie Verkäuferin war.

Ein Mann sollte heiraten, und da hatte er befunden, daß sie eine passende Gattin abgeben könnte. Außerdem würde die Ehe ihm einen seriöseren Anstrich geben. Und endlich konnte er, besser versorgt – und zu kaum höheren Kosten –, unter besseren Bedingungen arbeiten.

Hatte er sie betrogen? Kaum. Später, zwei- oder dreimal im Anschluß an Bankette, hatten ihn Freunde in gewisse Häuser mitgeschleppt. Er hatte es versucht, um es den andern gleichzutun, aber lustlos, angewidert beinah, und sich erniedrigt gefühlt.

Einmal, ein einziges Mal, als seine erste Frau bettlägerig war, genauer, als sie ihre Tochter zur Welt brachte –, hatte er sich eine seiner Verkäuferinnen genommen, eine kleine Brünette, die ihm stets herausfordernd ins Gesicht blickte und bei der er das Gefühl hatte, sie halte ihn zum besten.

›Da hast du's‹, mochte sein Ausdruck besagen, als er sie eines Abends nach Geschäftsschluß über seinen Schreibtisch legte. ›Bist du jetzt zufrieden?‹

Wenige Tage danach hatte er sie unter dem erstbesten Vorwand entlassen.

Louise hatte sich nicht als die Ehefrau entpuppt, wie er sie sich erhofft hatte. Er hätte sich vorsehen sollen. Seither mochte er Familien nicht leiden, die in Schwierigkeiten steckten.

Arm, aber ehrlich ...

Und Leute, Frauen vor allem, mit ausgeprägtem Zartgefühl. Jeder und jede in ihrer Familie hatte ausgeprägtes Zartgefühl. Sie hatten bessere Tage gesehen. Ihr seliger Vater hatte eine recht große Kohlenhandlung betrieben. Er war Trinker gewesen und hatte schließlich Konkurs gemacht.

Aber eben, für seine Schwägerinnen und seine Schwager war er, Malétras, der Unmensch. Er hatte kein Gefühl! Louise war unglücklich mit solch einem Menschen. So unglücklich, daß sie angefangen hatte zu trinken.

»Wie ihr Vater und ihre Brüder!« hatte er ihnen brutal entgegengehalten.

Sie klaute Flaschen im Magazin. Wenn sie in der Stadt war, ging sie unter dem Vorwand eines dringenden Bedürfnisses ins erstbeste Bistro, um ein paar Gläschen zu kippen.

Sie war gestorben. Und er hatte die Witwe des Generals kennengelernt. Diese war würdevoll, gesittet. Und er langweilte sich bei seiner Tochter, mit der er sich nicht vertrug.

Er hatte sich wieder verheiratet. Er hatte sich genauso wieder verheiratet wie er das Haus in der Rue de la Commanderie hatte bauen lassen. Frau und Haus gehörten zusammen. Er respektierte seine Frau. Sie standen in bester Beziehung zueinander. Nachts hatte er jemanden neben sich für den Fall, daß ihm etwas zustieß.

Nun aber täuschte sich eine Frau wie die alte Marie in ihm, eine Frau, die ihn doch eigentlich durchschauen sollte. Angenommen, er erzählte ihr von Lulu, sagte ihr: ›Ich hatte eine kleine Freundin, eine Kellnerin, die ich in einem Café auflas und jeden Abend besuchte. Ich habe sie erwürgt‹: Sie hätte die Tat wohl auf seine Leidenschaft zurückgeführt oder auf seine Lasterhaftigkeit.

Und ein Anwalt? Wenn man die Leiche fände, eine Untersuchung einleitete, die Schritt für Schritt zu ihm führen würde, und wenn man ihn dann verhaftete? Die Zeitungen würden von einem ›Lustmord‹ berichten, sein Verteidiger den leidenschaftlichen Affekt eines reifen Mannes anführen, eines schon im Niedergang begriffenen Mannes, für ein Mädchen, das ihn an der Nase herumführte und das ...

Nun, in Wahrheit hatte er den ganzen Winter über keine fünfmal mit Lulu geschlafen! In Wahrheit hätte er sie ebensogut gar nicht anfassen können, zumal er sie kaum begehrte. Das war völlig nebensächlich. In Wirklichkeit hatte sie es so gewollt ... Und er hatte, weil sie es anders nicht begriffen hätte, nachgegeben, wie man in einem Café Platz nimmt und gezwungenermaßen ein Glas bestellt, selbst wenn man überhaupt nicht durstig ist.

Lulu hatte nichts anderes im Kopf. Sie meinte, sie machte ihm damit eine Freude. Immer war sie halb ausgezogen, immer darauf aus, ihm nacktes Fleisch zu zeigen.

Beim ersten Mal, so erinnerte er sich, als sie lustvoll stöhnte, hatte er sie grob angefahren: »Sei still!« Sie war völlig aus der Fassung geraten, hatte ihn mit großen Augen angeblickt, den Tränen nahe: »Mach ich's nicht so, wie du's gern hast?« Welche Frage! Als wäre er nicht klarsichtig genug, um sich bewußt zu sein, daß ein Dickwanst wie er unter solchen Umständen immer lächerlich ist, um nicht zu sagen abstoßend.

Wie die Kleine von vorhin ... Er verstand jetzt den Blick, den sie ihm zugeworfen hatte ... Sie hatte gehofft ... Und was mochten die beiden hinter der Küchentüre miteinander geflüstert haben?

›Ich weiß es noch nicht ... Er sagt nichts ... Man muß sachte vorgehen. Lauf nicht zu weit weg ... Ich werde mit ihm reden und rufe dich dann ...‹

Er überlegte, ob er in dieses Café zurückkommen würde, wo er sich bereits eine Kuhle gemacht hatte und sich so wohl fühlte.

»Sehen Sie«, plauderte die Alte, die es vorzog, künftig heikle Themen zu vermeiden, »sogar bei größter Hitze ist es kühl hier drin. Wenn nötig mache ich die Türen zur Küche und zum Hof auf, und das gibt Durchzug ... Wollen Sie schon gehen?«

Er hatte seine Uhr aus der Westentasche gezogen und den goldenen Deckel aufspringen lassen. Es war noch nicht Zeit. Er lehnte sich ein wenig zurück und zündete seine Zigarre wieder an, zur großen Befriedigung der Alten.

»Wenn Sie mir eine Freude machen wollen, trinken wir jetzt noch ein Glas ... Doch, ich lade Sie ein ... Ich bestehe darauf! ...«

Er willigte ein. Etwas später sah er auf der andern Straßenseite das Mädchen vorbeikommen. Er vermied es, Marie in diesem Augenblick anzusehen: Er war sicher, daß sie der Göre ein Zeichen gab, das bedeutete:

›Nichts zu machen. Du kannst gehen.‹

5

Er war im ›Cintra‹. Wie gewöhnlich saß er den Kartenspielern zugewandt. Weiß Gott, weshalb er einen Blick hinaus auf die Straße warf ... und auf der anderen Straßenseite Joseph erkannte, der sich eilig entfernte.

Kam Joseph etwa zufällig vorbei? Malétras war der festen Überzeugung, daß der ehemalige Steward der *Normandie* ihn bespitzelt hatte und sich erst so verräterisch getrollt hatte, als er sich ertappt sah.

Es war der vierte Tag nach Lulus Tod. Statt sich zu ängstigen, stand Malétras ruhig auf und schritt zur Türe, in der Hoffnung, Joseph möchte ihn vielleicht an der nächsten Straßenecke erwarten; doch es stand niemand dort.

Seiner Gewohnheit gemäß rauchte er seine Zigarrre zu Ende, verließ das ›Cintra‹ zur üblichen Zeit und machte sich dann, auf einem Weg, der ihm bereits vertraut vorkam, zu Maries kleinem Café auf.

In der Frühe, als er Hermines Hund auf der taufrischen und wie neuen Straße spazierenführte, war ihm ein Gedanke gekommen. Er dachte an nichts Besonderes, dachte nicht eigentlich nach. Er war nicht der Mann, der, außer in Geschäftsdingen, eine Idee aufgriff und geduldig verfolgte, um festzustellen, wohin sie führte. Nur, weil er sozusagen von morgens bis abends allein war und in seinem Tageslauf leere Augenblicke hatte, füllte er sie unwillkürlich mit etwas aus, das manche vielleicht als Gedankenspielerei bezeichnen würden.

Morgens beispielsweise, wenn die Straße noch verschlafen dalag, nahm er auf seinem Spaziergang mit Kiki das Bild Eugénies mit.

›Kiki scheint mir ein Hund zu sein, der nur ein Herrchen akzeptiert...‹ Denn Eugénie, die zu jedermann sonst und besonders ihm gegenüber so gehässig war, betete ihre »Madame Hermine« geradezu an.

›Sie war richtig wütend wegen des Schinkens.‹

Er hatte den Schinken verzehrt, den er im Kühlschrank fand. Dabei hatte Eugénie ihm gesagt, daß sie ihn am Vortag für die Raviolifüllung besorgt hatte.

›Dann müssen Sie eben nochmals welchen holen.‹

Er sah den Spatzen zu... Die Spatzen ließen ihn an den Schulhof zurückdenken... Diese Erinnerung brachte eine andere mit, keine deutliche, einen Hauch, einen frischen Windzug in dumpfer, schwüler Luft, aus der Linde auffliegende Vögel und er, ebenfalls davonstiebend, mit laut klappernden Holzschuhen, den Schulranzen auf dem Rücken...

Er drückte eine mit Werbetransparenten beklebte Türe auf, eine Ladenglocke bimmelte und...

Er war verblüfft stehengeblieben, fragte sich, wie es ihn ausgerechnet hierher verschlagen haben mochte. Dieser Geruch! In dem Haus, in dem er zur Welt gekommen war und seine ersten zwölf Lebensjahre verbracht hatte, herrschte ein Geruch, den er seither schon öfters beinahe wiedergefunden hatte. In einer beliebigen Straße geschah es dann, daß er stehenblieb, schnüffelte, sich einer Tür näherte, doch es war nie ganz das richtige, entweder zu würzig oder zu fade, ein Grad zuviel oder zuwenig.

Was ihm nun plötzlich – weit weg von seinem kleinen Café und auch in Gedanken woanders – auf dem Hundespaziergang aufging: daß es bei der alten Marie fast so roch wie damals *bei ihm zu Hause*. Das versetzte ihn den ganzen Tag in Hochstimmung. So war es künftig für ihn weniger demütigend, daß er sich ausgerechnet in diesem armseligen Ausschank so heimisch fühlen mußte.

›Der Geruch ist es gewesen, der mich hingezogen hat, und ich wußte es nicht einmal.‹

Zu Hause hatten sie ebenfalls einen Ausschank. Es war kein richtiges Café, bloß eine Theke in einer Ecke, wie in so vielen Häusern auf dem Land, besonders in Nordfrankreich. Von dort kroch der Geruch nach Bier und Wacholderschnaps durchs ganze Haus, überdeckte den Kolonialwarengeruch. Bei Marie wurden keine Kolonialwaren verkauft, und doch war der Geruch fast derselbe. Gab es allenfalls einen Lebensmittelladen nebenan, nicht rechts, da war die Schuhmacherei, aber links? Er freute sich darauf, daß es Zeit wurde hinzugehen und sich vergewissern zu können.

Der Tag war für ihn gleich verlaufen wie alle Tage. Er war zu Poineau gegangen, wo er wie ein Angestellter schuftete, doch durch all die Geräusche, den Sonnenschein und zwischen den einzelnen Verrichtungen drang stets dieser Geruch hindurch und mit ihm immer wieder auch das hagere Gesicht seiner Mutter, das eine eigentümliche Ähnlichkeit mit dem Lulus aufwies.

Nicht eigentlich Ähnlichkeit, das doch nicht: Lulu hatte keinen der Züge von Malétras' Mutter. Diese war sehr mager gewesen, mit länglichem Gesicht und kleinen, stets müden Augen. Sie war so matt, daß man sich fragte, wie sie es schaffte, sich von früh bis spät überhaupt auf den Füßen zu halten. Sagte man zu ihr: ›Sie sollten sich ausruhen, Madeleine...‹, dann antwortete sie lächelnd: ›Ich komme noch genug zum Ausruhen, sobald ich neben der Kirche liege.‹

Als er diesen Satz die ersten paar Male hörte, hatte der Bub nicht begriffen, daß der Friedhof gemeint war. Später, da hatte er geweint.

Auf dem Rückweg von Poineau hatte er heute gegen Mittag von der Straßenbahn aus einen Blick auf die Friedhofsmauer erhascht, auf die ersten Gräber, die man durch das Gittertor sah, und Tränen waren ihm in die Augen gestiegen, genau wie einst, als ihm aufging, was die Mutter meinte.

Der Gedanke sickerte nur langsam und auf unbekannten Umwegen in sein Bewußtsein, verschwand, um in veränderter Gestalt an die Oberfläche zu dringen, so wie das Wasser einer Quelle sich zuweilen über einen unterirdischen Abfluß einen Weg sucht, um an unvermuteter Stelle wieder hervorzusprudeln.

Seine Gemütsbewegung – sie war schwierig zu erklären – bezog sich ebenso auf Lulu wie auf seine Mutter.

Er nahm sich vor, hernach bei Marie darüber nachzudenken. Er war sich nicht bewußt, daß das eine Entweihung darstellte.

Unterwegs dachte er auch an Joseph. Mehrmals wandte er sich um, um sich zu vergewissern, daß dieser ihm nicht folgte. Hätte er ihn in der Menge erblickt, er wäre geradewegs auf ihn zugegangen, und sie hätten die Auseinandersetzung gehabt, die Malétras zu Unrecht nicht schon am ersten Tag herbeigeführt hatte.

Er dachte ungern daran zurück. Damals, am Tag nach dem Unglück, war er – rein physisch – nicht auf der Höhe gewesen; es war wie ein Kater nach einem Rausch, sonst hätte er nicht bis neun Uhr morgens geschlafen.

Gott, war er gelaufen an jenem Tag! Im Grunde hatte er Angst. Er irrte durch Viertel, die er nicht kannte, und die Erinnerung daran war ihm nach wie vor peinlich, demütigte ihn noch immer. Es war Joseph gewesen, der ihn die Quais entlangführte, unweit der Kräne. Er war es, der beruhigte, der entschied.

Jetzt würden andere Saiten aufgezogen. Der Mann war wieder aufgetaucht, wie zu erwarten gewesen war. Er würde ihn zu erpressen suchen. Malétras würde ihm seinen Standpunkt unmißverständlich klarmachen.

Er empfand Befriedigung schon beim bloßen Betreten der Gasse, in welcher sich der Ausschank befand. Die engstehenden Häuser, das Licht, der Geruch, die Kinderhorde, alles war ihm vertraut wie eine Kindheitserinnerung, und sein Lächeln war fast triumphierend, als er feststellte, daß es tatsächlich einen Lebensmittelladen neben Maries Lokal gab.

Auf der Ladentüre klebten Werbetransparente. Glasbehälter waren da, wie einstmals mit grünen und rosa Bonbons. Und neben Makkaroni- und Zichorietüten lag angewelktes Gemüse.

Wer weiß, ob nicht der kleine Laden, den seine Mutter in Steenvoorde einst führte, ihn später dazu bewogen hatte, die Malétras-Docks zu gründen.

Marie, offensichtlich ebenfalls erfreut, tauchte gleich aus ihrer Küche auf.

»Das ist aber nett, daß Sie kommen«, sagte sie, als sei er kein gewöhnlicher Gast, sondern käme zu ihr zu Besuch.

Und ohne zu fragen, schenkte sie ihm ein Glas Anisette ein und ging dann mit ihrem Krug hinaus auf den Hof, um an der Pumpe Wasser zu holen.

Es war tatsächlich der Geruch von zu Hause. Und an der Wand, hinter dem Ofenrohr, hing der gleiche amtliche Aushang mit den Schankbestimmungen.

In dem Café, in welchem Lulu damals, als er sie kennenlernte, als Serviererin arbeitete, war der Geruch anders gewesen. Also war es nicht das, was in seiner Erinnerung eine Verbindung zwischen den beiden Frauen, seiner Mutter und ihr, entstehen ließ. Was es jedoch war, vermochte er nicht herauszufinden. Zwischen seiner ersten Frau Louise, die angefangen hatte zu trinken, und seiner Mutter hatte keinerlei Ähnlichkeit bestanden. Auch Louise war resigniert, gewiß, aber seufzend, klagend, tränenreich.

Bei ihm zu Hause war sein Vater der Trinker gewesen. Täglich legte er auf seinen Zechrunden dreißig Kilometer und mehr zurück, anfänglich, als Malétras noch ganz klein war, zu Fuß, später mit dem Fahrrad. Unterwegs leerte er ein Gläschen Wacholder ums andere, und wenn er nach Hause kam, war sein rötlicher Schnurrbart schnapsgetränkt, polterte er und fuchtelte in der Luft herum. Waren Leute im Café, so hörte man ihn die anderen überschreien, stets bloß die eigene Meinung gelten lassend, wegen jeder Kleinigkeit zu einer Schlägerei bereit.

Nie hatte seine Frau sich beklagt, nie auch nur ein Wort über ihn zu ihren Kindern gesagt. Denn außer ihm hatte sie ja noch weitere Kinder; acht an der Zahl, fünf waren übriggeblieben, Malétras inbegriffen, doch sie zählten nicht. Einer war Schreiner geworden und lebte heute noch in Steenvoorde; eine Tochter war mit einem Fahrradhändler in Hazebrouck verheiratet, welcher schmuggelte, ein anderer Sohn war bei der Eisenbahn.

»Da haben Sie frisches Wasser, Monsieur.«

Auch seine Mutter war, wenn sich ein Gast einfand, um frisches Wasser zum Brunnen gelaufen und hatte sich, wenn sie wiederkam, die Hände an der blauen Schürze abgewischt.

Louise hatte nie begreifen wollen, warum er seinen Geschwistern nicht unter die Arme griff.

›Wie soll ich denen denn helfen? Wozu auch? Wenn der eine Schreiner geworden ist, dann deshalb, weil er zum Schreiner geschaffen ist. Wenn er sich nicht selbständig gemacht hat, so darum, weil er nicht imstande ist, selbständig zu arbeiten. Ich würde ihm mit Geld für einen eigenen Betrieb einen schlechten Dienst erweisen. Auch Ferdinand – das war der Eisenbahner – erweise ich einen Bärendienst, wenn ich ihm Geld gebe, er verpraßt es bloß und ist dann ganz durcheinander, wenn er keins mehr hat.‹

›Dann kommt mich halt besuchen‹, hatte er seiner ebenso wie Louises Familie klargemacht, ›wenn ihr wollt, aber zählt nicht auf mich. Außerdem ist es nicht gut, wenn ihr allzuoft herkommt oder auch die Kinder mitbringt, das macht die Habgier bloß größer.‹

Weshalb ging ihm all das durch den Kopf, während er noch immer den Bezug zu ergründen suchte, der unbewußt in seinem Geist zwischen Lulu und seiner Mutter entstanden war?

Er sah zu der alten Frau hinüber, die sich in der Nähe hingesetzt hatte, einen Stuhl näher als an den vorangehenden Tagen, und ihm, sein Schweigen respektierend, über ihr Strickzeug hinweg dann und wann einen verstehenden Blick zuwarf.

Hatte sie jetzt wohl begriffen?

›Wenn Sie Lust haben auf ein kleines ...‹

Malétras spann den Gedanken weiter. Vor seinem inneren Auge entstanden Bilder: ein Glas, eine Flasche, ein Bordstein und darauf ein kleines Mädchen, ein offenes Fenster mit einer blutroten Geranie davor ...

Das erinnerte ihn an die Stunden, die er im Bett unter dem Fenster verbrachte, als er sich das Bein gebrochen hatte und den ganzen Tag dalag, die Augen halbgeschlossen.

Er überstürzte nichts, zwang die Bilder nicht herbei; er ließ sie auf sich zukommen. Es erforderte sogar eine gewisse Behutsamkeit, sie nicht aufzuscheuchen, weil sie sonst zerrannen, ehe sie Gestalt annehmen konnten.

Er hatte stets nur seine Mutter geliebt. Keine andere Frau auf der Welt! Seine Mutter und sonst nur noch jemand, einen Mann, einen Buben eher, einen Halbwüchsigen, seinen Sohn, der gestorben war und dessen verheerende Meinung über ihn, den Vater, er gelesen hatte.

Das war alles. Im Grunde war es vielleicht wegen seiner Mutter, wegen seiner Erinnerung an sie, daß er nie eine Frau geliebt hatte, weil er nie eine fand, die ihr glich. Sie war eine Frau vom Land. Sie mochte nicht überaus intelligent gewesen sein. Er konnte das nicht beurteilen, weil sie starb, als er erst zwölfjährig war.

Weshalb hatte sie ihn mehr geliebt als ihre übrigen Kinder? Sein Vater wiederum konnte ihn nicht leiden, weil er anders war als die anderen. Er sonderte sich bereits ab. Man spürte, daß er dem Nest entfliegen würde, sobald er flügge war. Wie hatte seine Mutter gesagt?

›Aus dir wird vielleicht mal etwas, mein armer Junge, aber ich fürchte, du wirst dein Leben lang nie glücklich sein. Du willst zu hoch hinaus.‹

Hatte sie vorausgesehen, hatte sie voraussehen können, daß er nach Jahren harten Kampfs, als reicher Mann, den jedermann kannte, Mitglied der Handelskammer und der Ehrenlegion, mit einer nagelneuen Villa im elegantesten Viertel der Stadt und einer adelig geborenen Frau, dereinst abends durch enge Gassen streichen würde, um eine Stunde mit einer ordinären Göre in einem Zimmer, das nach Armut roch, zu verbringen? Und daß es ihm Spaß machen würde, sich bei ihr als bescheidener Buchhalter auszugeben?

Und nun, da Lulu tot war, strandete er gar mir nichts dir nichts und weil es der Zufall so wollte in einem schäbigen Café, bei einer Alten, die sich auf ihren geschwollenen Beinen dahinschleppte.

Er hatte diesen Zufluchtsort nicht ausgesucht. Dennoch saß er da, und deshalb war anzunehmen, daß ein Instinkt ihn geführt hatte.

Als er zum ersten Mal hier eingetreten war, hatte er nicht ahnen können, daß hier ein Geruch herrschte, der ihn an seine Kindheit erinnern würde; an den ersten zwei Tagen war ihm das gar nicht bewußt geworden. Weit weg, auf dem Hundespaziergang, hatte er die Entdeckung erst gemacht.

Jetzt spürte er, daß ihm noch weitere bevorstanden. Er hatte die Sechzig überschritten. Mehr als sechzig Jahre hatte er dahingelebt, ohne sich zu fragen, warum er dieses oder jenes tat, weder wohin er ging, noch ob sein Tun einen Sinn hatte, und nun hätte sein Leben eigentlich zu Ende sein müssen: Wenn sich die Dinge so abgespielt hätten, wie sie sich abspielen sollten, wäre er im Gefängnis, käme vor Gericht, und selbst wenn man ihn nur zu ein paar Jahren Zwangsarbeit verurteilte, würde er nie mehr ins normale Dasein zurückkehren.

»Es scheint fast, als braute sich ein Gewitter zusammen«, brach die Alte das Schweigen.

Sie fragte sich, ob sie reden oder schweigen sollte. Sie ahnte, daß er immer wieder kommen würde, daß etwas ihn unwiderstehlich zu ihr zog, doch sie vermochte nicht zu erraten, was es war.

Ein Lüstling ist leichter zufriedenzustellen, weil man weiß, was er sucht.

Er sah zu ihr hin, als nähme er sie gar nicht wahr. Er war weit weg, sowohl zeitlich wie räumlich; dann kehrten seine Gedanken plötzlich zu Lulus Unterkunft zurück, und im gleichen Augenblick bemerkte er Joseph, der auf der Straße vorbeiging.

Beinahe wäre er aufgestanden, um ihn zu rufen. Gern hätte er die Auseinandersetzung hier herbeigeführt, doch auch wenn er sie in die Küche schickte, würde die Alte alles hören. Sekundenlang dachte er: ›Da sie mir ein Mädchen angeboten hat, wird sie in der oberen Etage mindestens noch ein Zimmer haben. Ich könnte verlangen, daß sie mich mit Joseph raufgehen läßt.‹

»Gehen Sie schon?«

»Nein.«

Dabei wäre er beinahe gegangen, um Joseph einzuholen, doch würde dieser nicht ohnehin irgendwo auf ihn warten? Er wollte ihn seine Ungeduld nicht spüren lassen. Und er wollte sich selbst nicht eingestehen, daß er trotz allem ein bißchen Angst hatte. Wie, wenn es mit Josephs Plan nicht ganz geklappt hatte? Wenn die Polizei ...

Er trank einen zweiten Anisette, ließ eine Viertelstunde verstreichen, während der die Alte ihm erzählte, daß sie zu ihrer Zeit eine schöne Frau gewesen sei, daß sie damals von den Männern so viel Geld bekommen konnte, wie sie wollte, daß sie aber viel zu edelmütig gewesen und deshalb jetzt darauf angewiesen war, eine solche Kaschemme zu führen.

»Ich stell' keine hohen Ansprüche. Ich möchte bloß genug auf die Seite bringen, um sicher zu sein, daß man mich am Ende, wenn's mit mir abwärts geht, nicht einfach ins Krankenhaus abschiebt.«

Er hörte zu. Vielleicht war es genau das, was er suchte, dieser Mann: solche Geschichten. Es hatte schon andere gegeben, die zu ihr kamen, nur um sich trübe Geschichten anzuhören.

»Man erlebt ja wirklich alles mögliche! Und die Geschmäcker sind ja wahrhaftig verschieden. Aber ich sage immer, man sollte über niemanden den Stab brechen. Sie werden es nicht glauben: Keine Woche ist es her, daß ein gutgekleideter Herr, keine fünfzig Jahre alt, vielleicht nicht einmal vierzig, hier angekommen ist, der unbedingt – mit mir ..., jawohl, Monsieur! Ich konnte nicht anders, ich mußte lachen, so sehr, daß er sich wütend aus dem Staube gemacht hat.«

Auch er ging jetzt davon, einfach weil es Zeit war. Statt nach rechts abzuschwenken, um nach Hause zu gehen, wandte er sich nach links, wo Joseph verschwunden war, und als er die Straße herunterkam, sah er ihn an der Ecke warten.

Er wirkte immer noch wie ein kleiner Angestellter, der schlechte Zeiten durchgemacht hat. Sein Gesicht war trübselig, voller Pickel. Er wartete, es Malétras überlassend, ihn anzusprechen, und Malétras ging auf ihn zu.

»Ich will Sie nicht weiter behelligen. Ich wollte Sie weder zu Hause stören noch Ihnen schreiben. Deshalb habe ich mir gedacht, ich zeige mich, damit Sie den geeigneten Moment wählen können, mit mir zu reden.«

Sie marschierten Seite an Seite, jedesmals umkehrend, kurz bevor sie aus dem Gewirr der kleinen Gassen auf eine Verkehrsader kamen. Malétras rauchte eine Zigarre, hielt die Hände auf dem Rücken verschränkt und sah so aus, als bespräche er sich geschäftlich mit einem Untergebenen.

»Sind Sie schon wieder aus Nizza zurück?«

»Ich bin hingefahren und habe den Brief abgeschickt. Aber dort, sehen Sie, bedachte ich die Sache nochmals gründlich und merkte, daß wir in der Eile nicht alles bedacht hatten.«

Malétras quittierte dieses *wir* mit einem kurzen Aufblicken, das den anderen offenbar dazu veranlaßte, sich demütig zu verbessern: »Ich meine, daß ich ...«

»Nun?«

»Nehmen Sie an, die Vermieterin wundert sich, Lulu nicht mehr im Haus anzutreffen ... Aller Wahrscheinlichkeit nach wird die sich nicht weiter darum kümmern und das Zimmer gleich einer anderen vermieten ... Immerhin aber könnte es sein, daß sie gegenüber einem Beamten der Einwohnerkontrolle – die machen ja fast allwöchentlich ihre Runde bei den Garnis – eine Bemerkung fallen läßt ... Ich bin oft mit Lulu gesehen worden ... Man weiß, daß ich sozusagen mit ihr gelebt habe ... Also hab' ich mir gedacht, daß man annehmen wird, wir seien zusammen verreist ... Und wenn ich wieder auftauche, wird man sich fragen, was aus Lulu geworden ist ... Verstehen Sie? Stück für Stück käme so vielleicht die Wahrheit ans Licht ...

Mir geht's wie gesagt nur darum, Ihnen Unannehmlichkeiten zu ersparen ... Ich hab mir gesagt: Dieser Mann, der immer so großzügig gewesen ist und der eigentlich nichts dafür kann, daß Lulu ihn zum Äußersten getrieben hat, der darf nicht ...«

»Was tun Sie hier in Le Havre?«

»Ich bin nach Hause gegangen, als wüßte ich von nichts ... Es ist ja auch mitunter vorgekommen, daß ich mehrere Tage lang keinen Fuß dorthin gesetzt hab. Selten, aber es kam vor. Ich habe an die Türe gepoltert, habe Lärm gemacht, absichtlich. Ein Matrose, der bei einem Mädchen seinen Rausch ausschlief, hat mir aufgemacht. ›Was tun denn Sie hier?‹ habe ich gefragt. ›Und du, mit welchem Recht belästigst du uns?‹ ›Ich will bloß zu Lulu.‹ ›Was für eine Lulu?‹ Ich habe derart gebrüllt, daß die Mieter vom Vorderhaus aus den Fenstern gehangen haben.

›Haben Sie Lulu nicht gesehen?‹ hab ich gefragt.

Dann bin ich hinüber zur Hausbesitzerin, die im Nebenhaus wohnt. Ich hab gewütet wie ein Berserker, dem noch dazu eine Frau Hörner aufgesetzt hat: ›Und ihre Sachen?‹ hab ich geschrien. ›Was hat sie mit ihren Sachen gemacht? Doch hoffentlich nicht mitgenommen, denn …‹ Verstehen Sie? So bin ich gedeckt, und Sie auch.

In absehbarer Zeit, nicht zu bald, denn so oft hat sie nicht nach Hause geschrieben, schick ich wieder einen Brief, von Nizza oder Marseille aus. Darin deute ich dann an – natürlich wird es scheinbar Lulu sein, die das schreibt –, daß ich eine größere Reise vorhabe, nach Ägypten beispielsweise oder nach Südamerika …«

»Und Sie?« fragte Malétras bloß.

»Was, ich? Ich weiß nicht, was Sie meinen.«

»Was werden Sie tun?«

»Nichts … Was soll ich tun? … Sobald ich wieder gesund bin, melde ich mich bei der Reederei und lasse mich anheuern … Ich hab's mit dem Blut, und ich bekomme immer Hautgeschwüre …«

»Hören Sie, Joseph …«

»Ja, Monsieur... ich höre.«

»Sie tun gut daran, denn ich sage es nur einmal. Lassen Sie sich ein für allemal gesagt sein: mir ist es absolut egal, ins Gefängnis zu kommen. Zweifellos glauben Sie mir das nicht, und doch ist es die Wahrheit, wofür Sie unter Umständen noch den Beweis bekommen. Also habe ich von Ihnen nichts zu befürchten. Sie können noch heute abend zur Polizei laufen und ihr alles haarklein erzählen, und wenn die dann bei mir auftaucht, bin ich bereit, ihr zu folgen.«

»Aber, Monsieur...«, stammelte der andere entrüstet.

»Es ist nun mal so. Auch, daß, wenn ich verhaftet werde, bei gleicher Gelegenheit auch Sie drankommen. Ich will schon gar nicht wissen, was Sie mit der Leiche angefangen haben...«

»Ich hab sie...«

»Ich will's nicht wissen. Was die Möglichkeit betrifft, mich zu erpressen...«

»Ich schwöre Ihnen, Monsieur Malétras...«

»Dazu sage ich, daß ich mich nicht erpressen lasse. Lassen Sie sich das gleich ein für allemal gesagt sein. Neulich habe ich Ihnen hunderttausend Francs angeboten, und Sie haben sie ausgeschlagen. Das paßt mir nicht in den Kram. Ich habe mein Leben lang keine Gefälligkeiten angenommen, weil das immer die kostspieligsten sind. Nun, zweifellos haben Sie die hunderttausend Francs ausgeschlagen, weil Sie vorhatten, mehr herauszupressen, indem Sie den Selbstlosen spielen...«

»Sie sind hart.«

»Ich bin deutlich.«

»Was meinen Sie, soll ich mit hunderttausend Francs anfangen?«

»Richtig. Ich verstehe genau: Sobald Sie die Hunderttausend ausgegeben hätten, wären Sie nicht besser dran als zuvor.«

»Das meine ich nicht.«

»Gut. Nehmen wir an, da es Ihre Idee war und sie an sich nicht schlecht ist, daß Sie noch einen Brief abschikken und dann, nachdem Lulu angeblich in Ägypten oder sonstwo ist, die Sache für Sie erledigt ist, Sie in Le Havre also nichts mehr zu suchen hätten.«

»Ich habe meine Familie hier.«

»Wie?«

»Ich sage, daß ich hier meine Familie habe, meine Mutter und meine Schwester, die ...«

»Sorgen Sie für sie?«

»Manchmal gebe ich ihnen ...«

»Was macht Ihre Schwester?«

»Sie ist Schneiderin ... Sie hat schlechtes Blut, wie ich, und ...«

»Was schätzen Sie, wieviel brauchen Sie, damit Sie abhauen können?«

»Ich will nicht weg.«

»Nennen Sie eine Summe. Bloß keine Angst.«

»Ich möchte Sie möglichst nicht ärgern, aber ich versichere Ihnen ...«

»Dreihunderttausend.«

»Ich weiß wohl, daß es für einen armen Burschen wie mich verlockend ist ...«

»Einverstanden?«

»Nein, Monsieur, sicher nicht. Sie schätzen mich

falsch ein. Man merkt, daß Sie mich nicht kennen. Wenn Lulu noch da wäre, würde sie Ihnen sagen ...«

»Sie bleiben bei Ihrem Nein?«

»Sehen Sie. Ich kann nicht einfach so weggehen ... Später, unter Umständen ... Man kann ja nicht wissen, was alles noch geschieht. Lassen Sie mir Zeit zum Überlegen ...«

»Ich mache Sie bloß darauf aufmerksam, aber entweder nehmen Sie die dreihunderttausend Francs, wie ich eben sagte, oder Sie kriegen gar nichts.«

»Ja, Monsieur.«

»Also nichts?«

»Ja, Monsieur.«

»Ich mache Sie gleichfalls darauf aufmerksam, daß ich nicht ständig über Sie stolpern will.«

»Ich will Ihnen tunlichst aus dem Weg gehen. Heute war es nur, weil ich Ihnen gern sagen wollte ...«

»Adieu ...«

»Sie lassen mich einfach stehen? Das ist nicht recht, Monsieur ... Sie werden schon noch merken, daß Sie zu hart mit mir umgesprungen sind ... Ich tauge mehr, als Sie annehmen, und wenn Sie mich mal brauchen ...«

»Ich werde Sie nicht mehr brauchen.«

»Das wünsche ich Ihnen ... Aber man kann ja nie wissen, nicht wahr? ... Augenblicklich logiere ich über der ›Bar de la Marine‹ ... Wissen Sie, wo das ist? ... Die blau gestrichene Fassade ... Sollte ich da nicht mehr sein, so wird man mich dort stets zu finden wissen ... Und wenn man Sie fragt, um welchen Joseph es sich handelt, sagen Sie, den Joseph von der *Normandie* ... Guten Abend, Monsieur ...«

»Guten Abend, Joseph.«

Und Malétras, der nun allein auf der Straße stand, mußte sich ganz erstaunt eingestehen, daß er sich ganz normal verabschiedet hatte, ohne Groll und unwillkürlich auch herzlich.

Beinahe hätte er sich umgedreht und Joseph zurückgerufen.

Wozu? Alles war ja gut, so wie es war.

Da er sich verspätet hatte, nahm er für den Heimweg die Straßenbahn und rauchte auf der Plattform seine Zigarre fertig, während er träumerisch auf die vorbeiziehenden Häuser sah.

6

Es war kurz nach zehn. Die Sonne schien unverändert strahlend. Eben war ein städtischer Sprengwagen vorbeigefahren und hatte eine nasse Bahn auf dem Asphalt hinterlassen. Auf einer Caféterrasse wischte ein Kellner die kupferumrandeten Marmortische ab.

Warum sollte Malétras sich mit solcher Genauigkeit an Einzelheiten erinnern, auf die er sonst nie achtete? Bis zu dem Schuhgeschäft, dessen Tür offen stand, dem Ledergeruch, der ihm entgegenwehte, der Verkäuferin in enganliegendem schwarzen Kittel, die auf einer Leiter stand und mit den Schachteln zu jonglieren schien ...

Daran schloß sich eine marmorne Toreinfahrt an, eine weiße Marmortreppe – vier oder fünf Stufen –, ein Messinggeländer, dann die Türen der Bank, die, Flügeln gleich, beim ständigen Kommen und Gehen auf und zu schlugen. Es war Malétras' Bank, in der er heute nichts zu tun hatte. Trotzdem warf er automatisch einen Blick in die Vorhalle, wo auf einer schwarzen Tafel die neuesten Börsenkurse aufgelistet waren. Ein Gesicht stach ihm ins Auge, ein fast weißer Bart, eine gebeugte, verstohlene Gestalt. Jemand, der bekümmert war, unglücklich, dem weder daran lag, irgendwem zu begegnen, noch über seine Sorgen zu reden.

»Gancel!«

Gancel fuhr zusammen, warf den ängstlichen Blick eines Menschen um sich, der aus trüben Gedanken gerissen wird und weiß, daß er vom Zufall nichts Gutes erwarten darf.

Er erkannte Malétras, versuchte zu lächeln, wobei er lange gelbe Zähne entblößte, die seinem Gesicht ein pferdeähnliches Aussehen verliehen.

»Wie geht's dir denn?« erkundigte sich Malétras, dessen mitleidloser Blick die Veränderungen ermaß, die innerhalb weniger Monate mit seinem Kameraden vorgegangen waren.

Und der andere, mit resigniertem Lächeln:

»Nicht schlecht, aber auch nicht gut, wie du siehst.«

»Und dein Sohn?«

»Ihm geht's gut, danke.«

»Ist er immer noch in Savoyen?«

»Woher weißt du das?«

Der Mann, der da vor ihm stand und der in kurzer Zeit derart verfallen war, abgelebt, plötzlich an allen Nähten Spuren von Abnützung erkennen lassend, wie ein alter Anzug, war der Vater Jeans, jenes Freundes, zu dem Philippe mit Malétras' fünfhundert Francs gefahren war.

Die beiden Männer blieben vor der Bank stehen. Sie waren sich während der vierzig Jahre ihrer Bekanntschaft oft genug begegnet, aber nie auf den Gedanken verfallen, zusammen in ein Café zu gehen oder sich davor auf die Terrasse zu setzen, um zu plaudern.

Wie viele Leute seines Standes, Gleichgestellte, duzte Malétras überhaupt? Er forschte in seinem Gedächtnis, weil ihn das plötzlich beschäftigte. Eigentlich nur Gancel, sonst niemanden. Einzig mit Gancel duzte er sich, was ihm bisher nie aufgefallen war, mit einem Gancel, der nun völlig verbraucht war, ausgebrannt, und der lächelte, aus Angst, bemitleidet zu werden.

»Und deine Frau?«

»Immer dasselbe. Woher weißt du, daß mein Sohn ...«

»Von meinem Neffen, Philippe. Ist dir auch bekannt, daß er zu deinem Sohn nach Savoyen gefahren ist?«

»Jean teilt mir das in dem Brief mit, den ich heute früh bekommen habe.«

»Und ... was wird er tun?«

»Du weißt also Bescheid?«

Bemerkenswert übrigens, daß dieser Mann, den er duzte, von allen, die er kannte, derjenige war, der sich charakterlich am meisten von ihm unterschied.

Sie waren kaum älter als zwanzig gewesen, als sie sich kennenlernten. Malétras war damals eher hager gewesen, so unwahrscheinlich das jetzt erscheinen mochte. Gancel wiederum hatte bereits diesen eckigen Bart, stets sehr gepflegt, keilförmig geschnitten, damals blaßblond.

Er arbeitete bei einem Getreidemakler, während Malétras, hundert Meter weiter, Angestellter in einer Lebensmittelgroßhandlung war.

Zu jener Zeit trafen sich die kaufmännischen Angestellten, um eine Vereinigung zur Wahrung ihrer Interessen in Betracht zu ziehen. Die Versammlungen fanden im ersten Stock eines Cafes statt, das es nun nicht mehr gab und wo zahlreiche Billardtische standen, von Gaslampen mit Schlitzbrennern beleuchtet. Es roch nach Gas, und als nun Gancel so vor ihm stand, hatte Malétras wieder diesen Gasgeruch in der Nase.

Gancel war zum Kassier der Vereinigung ernannt worden, die aber nie zu Geld kam und deren Lebensdauer kurz sein sollte. Damals schon war er der integre Mann gewesen, den man mit der Kasse betraut hatte. Jeden Morgen ging er vor der Arbeit zur Messe. Sonntags betreute er die Kinder eines Heims, und dann sah man ihn sich in die Brust werfen und mit Pfeifsignalen einer wilden Horde von Knirpsen voranstürmen.

Damals hatten sie am Anfang ihres Lebens gestanden; jetzt fanden sie sich wieder – am andern Ende. Merkwürdig, daß sie sich nie aus den Augen verloren hatten, denn sie hatten nie etwas dazu getan; sie waren sich nie besonders freundschaftlich zugetan.

Beide hatten sich selbständig gemacht, Gancel im Kaffeehandel, Malétras mit seinen Docks. Malétras hatte oft bei Gancel Kaffee aufgekauft. Und eines schönen Tages, als sie auf die fünfundvierzig, fünfzig zugingen, fanden sie sich am gleichen Sitzungstisch wieder als Aufsichtsräte eben jener Bank, vor der sie im Augenblick standen.

»Ich nehme an, sie werden heiraten«, seufzte Gancel mit Märtyrermiene.

»Und ich ging davon aus, daß dieses Mädchen alles andere als akzeptabel ist.«

Malétras war absichtlich brutal. Er war Lulus Geliebter gewesen. In den letzten Tagen ihrer Liaison, bis zum Moment, in dem er sie schließlich umbrachte, hatte er sich als verächtlichster aller Menschen gefühlt, weil er Joseph tolerierte, bereit war, andere Liebhaber neben sich zu dulden, weil er jedermann belog, bübische Schliche anwendend, um Geld auszugeben, ohne daß seine Frau davon erfuhr, endlich bleich vor Scham vor Steuwels kriechend, um von ihm jenen denkwürdigen Anruf zu erbetteln, welcher ihm ein paar Stunden Freiheit verschaffen sollte.

Pah! Gancel, der stets so edel und ehrenhaft auftrat und Wert darauf legt, war ja noch tiefer gesunken als er.

Sie waren ungefähr gleichaltrig, vielleicht ein Jahr auseinander. Sechs Monate zuvor hatten sie noch gleich alt gewirkt, wenn auch Gancels Bart ganz weiß war. Jetzt trennten sie glatte zehn Jahre, denn beim andern leitete die Erschlaffung aller Züge nun den sichtbaren Verfall ein.

Bald würden im Trauergefolge eines Begräbnisses Männer gleichen Alters, Aufsichtsräte, Großkaufleute, Leute wie Steuwels, wie Legrand-Beaujon, wie Devismes, etwa sagen: ›Dabei war er doch nicht alt. Erstaunlich, wie schnell es mit ihm zu Ende gegangen ist.‹

Er stand bereits mit einem Fuß im Grab. Obwohl er geschäftlich erfolgreich und sehr vermögend geworden war, hatte er in seiner Familie alles erdenkliche Unglück erlebt. Seit über fünfzehn Jahren lag seine Frau an einer unheilbaren Krankheit darnieder. Man mußte sie pflegen, waschen, füttern wie ein Baby, und täglich flehte sie zu Gott, daß er sie zu sich rufen möge.

Seine Tochter war ein kleiner, häßlicher Hinkefuß, die sich weigerte zu heiraten, weil sie wußte, daß ein Mann sich einzig ihres Geldes wegen zu diesem Schritt entschließen würde. Aus Angst, einer möchte ihr dennoch hold zulächeln, kleidete sie sich bereits jetzt wie eine alte Frau und lief in jede Messe.

Und nun mußte ausgerechnet Gancels Sohn...

Eigentlich war es Hiob, den Malétras da vor sich hatte und unverhohlen neugierig musterte, ohne sich die Mühe zu machen, ein Mitgefühl zu mimen, das er nicht empfand.

»Ich habe mich mit Pater Clouet beraten, meinem Beichtvater.«

»Und was hat dir Pater Clouet gesagt? Dieses Mädchen hat doch Liebhaber gehabt, nicht?«

»Sie hat welche gehabt, allerdings weniger als Maria Magdalena.«

War er wahrhaft aufrichtig, gläubig, ohne Hintergedanken? Seinerzeit schon hatte Malétras sich gelegentlich über ihn lustig gemacht, weil Gancel seit jeher dazu neigte, seine Gläubigkeit unbekümmert um das Gespött der Skeptiker ostentativ zur Schau zu tragen.

»Bist du wahrhaft christlich, bis auf den Grund deines Herzens?« hatte er ihn einmal gefragt, an einem Morgen wie diesem, als sie aus einer Aufsichtsratssitzung kamen.

»Ich bin Christ.«

»Glaubst du an die Botschaft des Evangeliums?«

»Ja.«

»Dann verstehe ich nicht, wie du reich werden konntest. Denn um reich zu werden, mußten wir doch beide, du wie ich, manch anderen unter unseren Absätzen zertreten. Zu Millionen kommt man nicht, indem man sich in Demut und christlicher Barmherzigkeit übt.«

Er erinnerte sich nicht, was Gancel erwiderte. Jedenfalls hatte dieser sich bei jedem neuen Unglück um Rat an seinen Beichtvater gewandt.

»Ich habe dieses Mädchen mehrmals aufgesucht. Sie gestand mir, daß sie ein Kind erwartet. Sie behauptet, und es scheint zu stimmen, daß dieses Kind von Jean ist. Sie liebt ihn wirklich, denn ich glaube nicht, daß man derart heucheln kann.«

»Also willst du Jean zurückrufen und sie heiraten lassen.«

Malétras' Sohn war in den Bergen gestorben. Gancels Sohn würde leben, mit einer Frau, die er nirgends vorstellen konnte, die ihm jegliche Zukunft verbaute.

»Ist sie hübsch?«

»Sie ist keine Schönheit, eher gewöhnlich, und auch nicht kokett.«

Wie Lulu. Also hatte ein junger Mann von zweiundzwanzig Jahren genau wie er selbst sein ganzes Glück in einem ärmlichen Zimmer mit einem Mädchen gefunden, das auf niemand sonst reizvoll wirkte.

»Hast du deinem Sohn geschrieben, ihm deine Entscheidung mitgeteilt?«

»Noch nicht. Ich fahre sicher selbst zum Mont-Revard, wenn das Befinden meiner Frau es erlaubt. Ich werde von Mann zu Mann mit ihm reden, nicht als Vater, sondern als väterlicher Freund. Und wenn ich merke, daß es für ihn diese Frau ist...«

Vierzig Jahre zäher Arbeit, genau wie bei ihm, Malétras! Vierzig Jahre unbarmherzigen Kampfs, denn, wie er einst festgestellt hatte, was sie erreicht hatten, erreichte man nicht mit Barmherzigkeit.

Jetzt standen sie sich, beide über sechzig, da vor der Bank gegenüber, in der sie ihr Vermögen hatten, wo bei ihrem Erscheinen die Angestellten herbeistürzten. Auf der Straße wurden sie von Leuten, die sie kaum kannten, respektvoll als die bedeutenden Staatsbürger gegrüßt, die sie geworden waren.

»Ja, so weit ist es mit uns gekommen!« knurrte Malétras, einen Gedankengang abschließend, dem Gancel nicht hatte folgen können.

»Deine Tochter?«

»Ich nehme an, es geht ihr gut. Seit meiner Wiederverheiratung haben wir den Kontakt abgebrochen. Sie lebt immer noch bei ihrem Schwachkopf von Ehemann, der ihr schon drei Kinder gemacht hat.«

»Deiner Frau geht es gut?«

»Ja, danke.«

Abermals, stärker noch als die vorigen Male, drängte es Malétras, in ganz natürlichem Ton einzuwerfen: ›Was mich angeht, ich habe ein Mädchen erwürgt. Ein Mädchen, ja, von gleicher Sorte wie das, welches dein Sohn heiraten wird!‹ Wie hätte ein Gancel darauf reagiert? Und doch war es Tatsache, was ihn aber nicht hinderte, hier auf der Straße vor einem Schuhgeschäft und einer Bank den in der Sonne vorbeiziehenden gelben Straßenbahnen nachzublicken, in kurzen Zügen seine Zigarre zu rauchen, sich das laue Lüftchen um die Nase wehen zu lassen.

Von ihnen beiden war Gancel eindeutig schlimmer dran. Gleich würde er in sein großes trübseliges Haus zurückkehren, das nach Krankheit und Gebeten roch und bald nach Kerzen und Chrysanthemen.

»Auf Wiedersehen.«

Er verabschiedete sich abrupt, machte auf dem Absatz kehrt und ging zu Poineau. Er freute sich schon auf das Stündchen, das er gegen Abend in Marias kleiner Kneipe verbringen würde. Unterwegs dachte er zwischendurch auch an Joseph, diesmal ohne Abscheu, ohne Furcht. Noch am Vorabend hatte er versucht, ihn endgültig loszuwerden, und jetzt hätte er ihn sogar gern wiedergesehen, mit ihm gesprochen, ihn ausgefragt.

Die Brüder Poineau empfingen ihn wie üblich geduckt und untertänig. Diese zwei Riesen, die Kisten voll Fisch und Hummer herumwuchteten, mußten es jeden Morgen über sich ergehen lassen, daß Malétras bei ihnen als Herr und Meister auftrat und sie wie bloße Angestellte behandelte. Zudem wartete er, bis andere Leute dabeistanden, um Fehler zu bemängeln und unangenehme Dinge zu äußern.

War das nicht sein gutes Recht? Ging es hier nicht um sein Geld, und hatte er die beiden nicht vor dem Konkurs gerettet?

Er fuhr mit der Straßenbahn nach Hause. Seit einigen Tagen blieb beim Mittagessen die Tür zum Garten hinaus offen, und man blickte in ein Paradies voller Blumen.

Es schien ihm, daß Hermine ihn aufmerksamer betrachtete als sonst, mit einer gewissen Ironie um die Augen und die schmalen Lippen, was er nicht schätzte. Während der ganzen Mahlzeit blieb sie schweigsam, ging auf keines der Gespräche ein, die er in Gang zu bringen versuchte. Erst als der Kaffee serviert war, murmelte sie, als wäre es nicht weiter wichtig:

»Sagen Sie mal, mein Lieber...«

Das war ein schlechtes Zeichen, denn wann immer sie ihn »mein Lieber« nannte, hatte sie ihm etwas Unerfreuliches mitzuteilen.

»Erinnern Sie sich an den Abend letzter Woche, an dem Sie mit Ihrem Freund Steuwels essen gingen?«

Er war im Lauf seines Lebens selten rot geworden. Er hatte keinen überhöhten Blutdruck, eine eher blasse Gesichtsfarbe. Nun fühlte er dennoch seine Ohren heiß werden.

»Ja, und?«

»War das Essen bei Steuwels?«

»Nein, das wissen Sie doch. Hätte es dort stattgefunden, so wären Sie mitgekommen, ich wäre nicht allein hingegangen.«

»War Ihr Freund Steuwels an jenem Abend vergnügt? Hat er Ihnen nichts Besonderes erzählt?«

Er gab vor, in seinem Gedächtnis zu forschen:

»Etwas Besonderes... Nein... Ich sehe nicht...«

»Hat er viel geredet?«

»Würden Sie mir verraten, was es mit diesem Fragen auf sich hat?«

In solchen Augenblicken haßte er sie geradezu. Und zwar wegen eben jener Eigenschaften, die ihn bewogen hatten, sie zu heiraten, wegen der Gelassenheit, der Würde, der angeborenen Haltung, die ihn beeindruckten. War es wegen ihrer Herkunft, ihrer Erziehung oder weil sie die Frau eines Generals gewesen war, daß sie sich ihm gegenüber derart überlegen fühlte?

Er wurde ärgerlich. Er war gedemütigt, wütend. Er stand auf und nahm eine Zigarre aus seinem Etui.

»Sobald Sie mir offen sagen, worauf Sie hinauswollen, werde ich Ihnen antworten.«

»Gut! Ich weiß genau, daß Ihr Freund Steuwels an dem Abend zu Hause aß.«

Hämisch bemerkte er: »Ach, wirklich! Hat er Ihnen das auf die Nase gebunden?«

Denn sie kannte Steuwels, mochte ihm in der Stadt begegnet sein. Und Steuwels war einfältig oder gemein genug, sich wie unabsichtlich zu verplappern.

Ohne auf ihn einzugehen, fuhr sie fort, sarkastischer denn je:

»Ich kann Ihnen sein Menü jenes Abends beschreiben. Sie hatten einen Neffen zu Besuch, einen Neffen, der in Antwerpen lebt und unerwartet zum Essen erschien. Im Haus war nichts Besonderes vorhanden, und die Köchin klapperte die ganze Stadt nach frischem Hummer ab, den sie dann an Kräutersauce servierte.«

»Nun, das klingt appetitlich, aber da ich nicht bei ihnen dinierte, habe ich nicht davon gegessen.«

»Steuwels hat jedoch davon gegessen. Er hat der Köchin sogar eine Szene gemacht, weil ihr zuviel Cayennepfeffer daran geriet. Wie Sie sehen, bin ich gut informiert.«

»Wenn Sie die Köchinnen unserer Freunde aushorchen!...«

»Bemühen Sie sich nicht, mein Lieber. Sagen Sie mir lieber aufrichtig, statt verstockt zu bleiben wie ein dummer Junge, mit wem Sie an dem Abend diniert haben und so viel tranken, daß Sie betrunken nach Hause gekommen sind.«

»Mit Steuwels.«

»Immer noch? Sollen wir ihn anrufen?«

»Wenn Sie wollen.«

»Der Apparat steht neben Ihnen. Verlangen Sie doch die Verbindung.«

Beinahe hätte er es getan, aus Trotz. Diese Szene war lächerlich, und er fühlte sich noch lächerlicher, als sie sich fühlen mußte.

»Ich will Sie nicht länger plagen.«

»Mich?«

»Ja, Sie, mein Armer, und ich will Sie auch nicht in eine peinliche Lage bringen. Stellen Sie sich vor, Eugénie ...«

»Sie hätten mich warnen sollen, daß es um Klatsch *Ihrer* Köchin geht.«

»Eugénie, der Sie so zugetan sind und die es Ihnen vollauf heimzahlt, hat heute früh auf dem Markt die Köchin von Steuwels getroffen, mit der sie befreundet ist. Sie haben ein bißchen geplaudert. Unter anderem über Hummer. Dabei kam auch jenes Abendessen zur Sprache und Steuwels Zorn.«

»Und natürlich hatte Eugénie nichts Eiligeres zu tun, als Ihnen die Geschichte weiterzuerzählen.«

»Natürlich.«

»Und Sie glauben ihr?«

»Ich habe keinerlei Grund, ihr nicht zu glauben, denn sie hat mich nie belogen.«

»Danke.«

»Bitte. Mit wem haben Sie gegessen?«

»Mit Freunden.«

»Bloß um mit Freunden zu dinieren, haben Sie Steuwels veranlaßt, mich anzurufen?«

»Sie sagten ja eben selbst, daß sein Neffe unerwartet kam, im letzten Moment. Er sollte mit uns essen, ließ uns dann aber ausrichten ...«

»Schade, daß Sie weiterlügen. An sich, mein Lieber, ist mir das völlig egal. Ich bin nicht eifersüchtig. Es geht mir im Augenblick vielmehr um Ihre Würde und um die meine.«

»Welche Würde?«

»Begreifen Sie nicht? Man hat Sie gesehen mit dieser Kleinen. Machen Sie sich das klar!«

Nun wurde ihm ernstlich bange, und er rührte sich nicht, aus Angst, sich zu verraten.

»Ist es immer noch Eugénie, die ...«

»Immer noch Eugénie, ja. Sie werden sehen, was der Zufall alles zustande bringt. Sie holt gewöhnlich die Eier und den Käse in einem kleinen Milchladen an der nächsten Straßenecke ... Die Käsehändlerin hat einen zwanzigjährigen Sohn, der ein ziemlich übles Subjekt ist. Sie kennen ihn nicht, doch er kennt Sie. Das ganze Viertel kennt, zumindest vom Sehen, den erhabenen Monsieur Malétras ...«

»Ich verstehe noch immer nicht ...«

»Dieser Sohn verkehrt gelegentlich in mehr oder minder verrufenen Bistros in der Gegend der Quais. Wen aber hat er kürzlich zu seiner Verwunderung in einer dieser Kneipen gesehen? Den erhabenen Monsieur Malétras, von dem wir eben sprachen. Demnach können Sie also Karten spielen, haben es mir aber nie gesagt. Mir, die ich Sie bat, von Zeit zu Zeit Freunde zu einem Bridge einzuladen. Mein Armer, Sie tun mir wahrhaftig leid.«

»Ist das alles, was Sie mir zu sagen haben?«

»Finden Sie nicht, daß es genügt? Begreifen Sie nicht, wie kläglich es für einen Mann Ihres Alters und Ihrer Stellung ist, in Gott weiß welchen kleinen Cafés mit einer schlampigen Göre aufzutreten? Die ganze Straße ist im Bilde. Sie spielen Belote! Ist das die Möglichkeit? Und Sie lassen kein Auge von ihr! Sie benehmen sich, heißt es, wie ein armer dicker Wauwau, der auf ein Stück Zucker wartet! Sie duzt Sie. Sie springt mit Ihnen um wie mit einem alten Narren, und Sie lassen sich alles gefallen ...«

Sie wechselte den Ton, plötzlich, ohne Übergang, wurde streng, sogar hart: »Haben Sie die Absicht, diese Beziehung beizubehalten?«

Er schaute sie an, ohne zu antworten, und seine Augen waren haßerfüllt.

»Ich habe Ihnen eine Frage gestellt. Ich will wissen, ob Sie vorhaben, weiterhin billigen Mädchen nachzulaufen?«

»Was dann?«

Jetzt, weil sie stumm blieb, war es an ihm, bedrohlich zu wiederholen: »Was dann?«

Sie sagte nur ein Wort, während sie zur Tür rauschte: »Das werden Sie sehen!«

Sie ging hinaus. Er hörte sie in den ersten Stock hinaufsteigen. Dann, einige Minuten später, kam sie wieder herunter, und die Haustüre ging auf, fiel ins Schloß.

Gewiß war sie einfach zu Besorgungen in die Stadt gegangen oder besuchte eine Freundin, denn sie pflegte nach wie vor ihre Beziehungen von früher.

Nichtsdestoweniger war er beunruhigt. Er hatte sich auf vielerlei Eventualitäten vorbereitet, einschließlich der effektiven Katastrophe. Die Aussicht, ins Gefängnis zu kommen, schreckte ihn kaum.

Nun aber sah er sich keiner bestimmten Anklage gegenüber, sondern bloßem Krämer- und Küchenklatsch. Man hatte ihn mit Lulu gesehen! Man hatte ihn beim Kartenspiel in den Schenken beobachtet, die er ab und zu mit ihr und Joseph betrat!

Und Hermine war eifersüchtig!

Eifersüchtig auf Lulu, die gar nicht mehr lebte!

Malétras hieb die Faust so heftig auf den Tisch, daß es weh tat, verließ das Eßzimmer, wo sein Kaffee kalt geworden war, und schloß sich in seinem Büro ein.

Eifersucht! Das kam nun völlig unerwartet! Nichts Inniges verband sie. Sie waren nie so geschmacklos gewesen, von Liebe zu reden. Nie fiel es Malétras ein, Hermine auf die Lippen zu küssen.

Sie hatten geheiratet, weil sie alt waren. So sah die ungeschminkte Wahrheit aus. Er hatte den Fehler gemacht, sich in einem Alter vom Geschäft zurückzuziehen, in dem er noch zu aktiv war, um müßig zu bleiben. Sein Leben lang hatte er sich nicht so gelangweilt wie in der hübschen Villa seiner Tochter, wo er über ein Jahr verbrachte.

Der Gedanke, daß man allein leben könnte, war ihm völlig fremd. Er sah sich weder in einem Apartmenthaus noch in einer Wohnung wie ein kleiner Rentner.

Als erstes war bei ihm das Bedürfnis nach einem Haus aufgekommen, und daraufhin, des Hauses wegen, hatte er an eine Frau gedacht.

Liebe spielte weder von der einen noch von der anderen Seite mit. Sie war Witwe, er war Witwer. Sie hatten beide ihr Leben gelebt. Sie kamen in das Alter, in dem man an diversen Unpäßlichkeiten leidet, in dem man auf sich achtet, in dem es vorkommt, daß man zu ersticken meint, das Herz allzustark klopfen fühlt, in Panik gerät.

Tagsüber benahmen sie sich wie Leute, die sich kennen, mehr nicht, die beispielsweise schon lang im gleichen Hotel wohnen. Sie siezten sich. Sie erwiesen sich Artigkeiten wie Fremde. Sie erzählten aus ihrem Alltag.

Abends zogen sie sich ungeniert im gleichen Zimmer aus, enthüllten ihre gealterten Körper, und es geschah, daß sie sich gegenseitig pflegten.

Hermine und eifersüchtig!

Sie hatten beide noch einige Jahre vor sich. Waren Malétras etwa bisher zu viele Erdenfreuden vergönnt gewesen? Hatte er nicht wie ein Galeerensträfling gearbeitet? Wenn sich ein bißchen Kurzweil bot, war es nicht nur recht und billig, daß er ...

Die Wahrheit war zwar nicht so, wie Hermine annahm, denn gewiß hielt sie ihn für einen widerlichen alten Galan, der jungen Mädchen nachstieg.

Ja und? Auch wenn es sich so verhalten hätte! Mit welchem Recht könnte sie ihm solche letzten Freuden verwehren?

Er war nicht immer ungläubig gewesen. In jungen Jahren hatte er einem katholischen Zirkel angehört, weil er meinte, daß die Priester ihm helfen könnten.

Er hatte die Bibel und die Apokryphen studiert. Er erinnerte sich an eine Stelle, die er damals nicht verstanden und als anstößig empfunden hatte, jene Stelle, an der von David die Rede ist, dem heiligen Mann, dem eine Jungfrau das Greisenlager wärmen sollte.

Da teilten sie sich zu zweit dieses große helle luxuriöse Haus, hatten beide ihr Leben hinter sich und sich bloß zusammengetan, um ihre letzten Jahre so angenehm wie möglich zuzubringen, und nun mußte Hermine …

Er kannte sie. Wenn sie sich das einmal in den Kopf gesetzt hatte, würde sie ihm künftig mit kühlem, angewidert-neugierigem Blick begegnen.

Es war aus mit dem Frieden, aus mit den kleinen gegenseitigen Artigkeiten.

Hatte sich seine Tochter nicht recht ähnlich benommen? Er hatte ihr alles gewährt. Als kleines Mädchen war sie das verwöhnteste Kind der Stadt. Es war für ihn Ehrensache gewesen, ihr nichts abzuschlagen. Dennoch, weiß Gott, welch schlimmen Charakter sie zeigte und wie hart sie ihren Vater behandelte.

Er hatte ihr eine große Mitgift gegeben. Er hatte widerspruchslos diesen Idioten von Ehemann akzeptiert, den sie erwählte, weil er elegant daherkam und einem distinguierten Kreis angehörte.

Er hatte ihr eine der hübschesten Villen gebaut, die es zwischen Caen und Deauville zu sehen gab.

Und er wiederum war es, der seinem Schwiegersohn, der wenigstens den Anschein erwecken wollte, daß er arbeitete, das nötige Geld gab, um sich an einer Garage zu beteiligen.

Hatte er sich mit alledem nicht das Recht erworben, den Rest seines Lebens nach seiner Fasson zu gestalten?

Offenbar nicht! Sobald er davon zu reden begann, sich wieder zu verheiraten, hatte es zunächst Tränen gegeben, dann Drohungen.

»Die arme Mama würde sich in ihrem Grab umdrehen ...«

Die arme Mama indessen war von ihrer Tochter, die jetzt Tränen vergoß, gegebenenfalls in eine Abstellkammer gesperrt worden, aus Sorge, Schulfreundinnen, die sie erwartete, könnten merken, daß Louise trank!

Einmal hatte sie sie geschlagen, richtig verprügelt!

Wie, ihr Vater wollte nochmals heiraten? Man lief zu Rechtsanwälten, ging bis vor Gericht, nur weil es ums eigene Portemonnaie ging.

Sie waren einander ebenbürtig, sie und Hermine.

Man ließ ihn allein in seinem Büro, in dem er wie ein wütender Stier herumstampfte! Sogar sein Sohn, diesen Sohn, den er vergötterte, für den er, nicht nur bildlich, ohne Zögern sein Blut hingegeben hätte, und der innerlich darunter litt, einen solchen Vater zu haben, und seine Qual einem Heft anvertraute.

Unvermittelt, als er gerade am wenigsten daran dachte, verwandelten sich Sätze aus dem vorangegangenen Gespräch in Bilder: Das von Hermine so verächtlich erwähnte kleine Café, das Kartenspielen bei rötlichem Licht auf einem schmuddeligen Reklamespielteppich ...

... Draußen nieselte es. Sie waren im Dunklen davongegangen, in ihre Mäntel verkrochen. Lulu hatte sich ganz selbstverständlich bei ihm eingehängt ...

... Er war mit ihr auf ihr Zimmer gegangen, wo es

keinen elektrischen Strom gab und sie den Glaszylinder der Petroleumlampe hochschob, während er ein Zündholz anrieb...

Was war nur mit ihm los? Auf was starrte er da, neben seinem alten Schreibtisch stehend, der ihn seine ganze Karriere hindurch begleitet hatte? Es war nicht das Porträt der zwei Kinder auf dem Kaminsims, die sich einander zuneigten, in einer vom Fotografen bestimmten Pose, sein Sohn und seine Tochter im Alter von drei und fünf Jahren.

Seine weit aufgerissenen Augen waren blicklos, doch fühlte er jetzt etwas seltsam Warmes, seine Augen verschleierten sich, seine Lippen verzogen sich zu einer Grimasse, wie seit seiner frühen Kindheit nicht mehr.

Er merkte, daß er weinte, er, Malétras! Und statt sein Gesicht zu verbergen, seine Tränen wegzuwischen, lehnte er sich vor dem Spiegel auf die Ellbogen.

Es war kein schöner Anblick. Ein alter Mann, der weint. Ein alter Mann, der plötzlich jämmerlich zerfließt und der, da er nirgendwo Mitleid findet, mitleidig sein altes Haupt anschaut, sich selbst beim Weinen zuschaut, einsam, im trüben Wasser eines Spiegels.

Er stammelte: »Lulu!...«

Was hätte er jetzt nicht gegeben, um stolpernd die abgenützte Steintreppe hinten im Hof über der Schreinerwerkstatt erklimmen zu können, sie auf ihrem Bett hingeräkelt anzutreffen, halbnackt in ihrem Morgenrock, sie mit ihrer Stimme, die stets etwas rauh war, weil sie von morgens bis abends zur Lektüre naiver Schmöker rauchte, sagen zu hören:

»Hast du mir Pralinen mitgebracht?«

Aber sie war gestorben, einfach weil es sie gelüstete, in einem schicken Sportwagen spazierenzufahren, weil sie in der Erregung dieses berauschenden Vergnügens unverschämt auf seine Fragen geantwortet und sich geweigert hatte, sich auszuziehen.

Mehr war nicht gewesen. Sie hatte sich geweigert, sich auszuziehen, sie, die keinerlei Scham kannte und den Briefträger, oder jedermann sonst, im halb offenen Morgenrock empfing, mit heraushängendem Busen und nacktem Bauch. Sie war mager. Sie hatte eine sehr weiße Haut, etwas gelblich unter den Brüsten.

An jenem Abend, einfältig, kindisch verstockt, hatte sie sich geweigert, sich auszuziehen und war gestorben.

Das Gesicht in den Händen, blieb er auf den Kaminsims gestützt stehen und weinte weiter, ungehemmt, fast lustvoll.

Es klopfte. Er hörte nicht hin. Jemand rüttelte an der Tür.

»Sind Sie da, Monsieur?« fragte Roses Stimme.

Er schwieg weiter, erriet, daß sie sich beunruhigte. Sie redete mit jemand. »Aber die Tür ist ja von innen verriegelt.«

Er raffte sich auf. »Was gibt's?«

»Ein Telegramm.«

Er nahm es durch die spaltbreit geöffnete Türe entgegen, wobei er es vermied, sich zu zeigen.

Gut und rechtzeitig eingetroffen Mont-Revard stop Habe Schlimmes verhindern können und erhoffe Wende zum Guten stop Dankbar und herzlich

Philippe

Er blickte um sich, legte das blaue Formular auf den Schreibtisch, und da er nicht mehr weiter wußte, weder zu seinen Tränen noch zu Lulus Bild zurückfand, blieb er wie gedankenleer stehen und seufzte:

»Armer Irrer!«

7

Es geschah ohne Vorbedacht. Und doch suchte er wohl instinktiv die Viertel und Straßen aus, deren Anblick am aufreizendsten oder am bedrückendsten auf ihn wirkte. Er sehnte sich buchstäblich nach Trauer oder Wut.

Es war abends kurz vor neun Uhr, und um diese Zeit befand er sich sonst nie draußen, denn da wurde in der Rue de la Commanderie die Nachspeise aufgetragen.

Malétras verabscheute jeden Verstoß gegen die Regeln. Sein Leben lang hatte er gewissenhaft Zeitpläne eingehalten, seit der Schule, möglicherweise, weil er seinem Willen doch nicht so sehr traute, wie er glauben wollte. Und von jeher hatte er die Stunde des schieferblauen Zwielichts gefürchtet, die vom Tag zur Nacht überleitet.

Er war ein Mensch des grauen feuchten Tagesanbruchs, ein Morgenmensch, während die Abenddämmerung mit ihrer Tiefe und Feierlichkeit wie ein See auf ihn wirkte, in dem man ertrinkt, wie eine Wüste, in der man sich verirrt, oder wie eine Nacht, die nicht völlig Nacht ist und ohne Ende, etwa so wie das, was im Katechismus seiner Kindheit als Vorhölle vorkam.

Im Stadtzentrum hätte er noch ein bißchen Betrieb auf den Straßen gefunden, Tuchfühlung mit anderen

Leuten, vertraute Geräusche. Doch vom Zentrum aus würde er unweigerlich zur schmalen Straße der alten Maria streben, und dorthin wollte er nicht.

Er drang in die bürgerlichen Viertel mit ihren breiten grauen und öden Straßen vor, auf denen sich keine Katze regte, vielmehr kein Mensch, während doch manchmal eine Katze von Tür zu Tür schlich; noch schauriger war es, wenn vor einem Eingang ein Hauswartspaar hockte, er in Hemdärmeln, wie für immer auf ihren Stühlen erstarrt.

Hinter den Vorhängen gingen die Lichter an. Drinnen war es schon nicht mehr hell genug. So manch einer tauchte aus einer von unten nicht einsehbaren Welt am offenen Fenster auf, lehnte sich an die Brüstung und erstarrte dort, als wären zu dieser Abendstunde Reden und Geräusche verboten.

Der Stille zu Hause war er kurz zuvor entflohen. Zwei Tage dauerte sie nun schon an, seit der läppischen Szene, die Hermine ihm gemacht hatte. Seither redete sie nicht mehr mit ihm, vielmehr, was schlimmer war und ihr Schweigen so deutlich endgültig machte, sie richtete bloß noch die nötigsten Worte an ihn und sah ihn dabei nicht mehr an. Das war es, worauf diese Frau, die sich überlegen wähnte, verfallen war. Er hatte wie ein Schüler geschwindelt, um sich einen freien Abend zu verschaffen. Er war in einem kleinen Hafencafé beim Belotespielen gesehen worden.

Gut! Da er dazu nichts zu sagen fand, würde sie künftighin still sein. Sie lebten im gleichen Haus, sie schliefen im gleichen Bett, Hemd an Hemd, Fleisch an Fleisch, sie vermischten ihre Gerüche, doch hinsichtlich der menschlichsten aller Kontakte, des Gedankenaustauschs, war von nun an Schluß.

Hermine machte sich nicht die Mühe, bekümmert oder übellaunig zu wirken. Im Gegenteil. Beim Abendessen beispielsweise hatte sie Rose öfters als nötig kommen lassen, um Gelegenheit zum Plaudern zu finden.

»Sagen Sie, meine kleine Rose, Sie sollten an Ihren Urlaub denken. Was meinen Sie, wo Sie dieses Jahr hingehen?«

»Heim, Madame.«

Und papperlapapp, papperlapapp!

Malétras fühlte sich wie unter einem Berg von Borniertheit und Mißgunst erdrückt, und als der Nachtisch aufgetragen wurde, war er kurzerhand aufgestanden und aus dem Eßzimmer gegangen, hatte den Hut genommen und war zur Haustür hinausgegangen.

Er wußte weder, wo er hingehen, noch, wann er zurückkehren wollte. Grimmig marschierte er durch die Straßen, die ihm zuwider waren, in der unbarmherzigen Stille des Abends, in der sich ihm vor Beklemmung der Magen umdrehte.

Plötzlich merkte er, daß ihn keine zweihundert Meter mehr von Gancels Haustür trennten. Er hätte nach rechts oder links abbiegen können, doch er ging unbeirrt geradeaus, wobei er bereits wußte, vielmehr erriet, daß er trotz der unschicklichen Stunde dem dumpfen Drang nicht würde widerstehen können, an der Tür seines Freundes zu klingeln.

Man macht um neun Uhr abends keine Besuche, ohne dazu eingeladen zu sein. Nur zweimal vielleicht, das letzte Mal vor zehn Jahren, war es vorgekommen, daß er den Fuß über Gancels Schwelle setzte; an den Anlaß erinnerte er sich nicht mehr. Noch weniger klingelt man unerwartet bei einem erschöpften Mann, dessen Frau krank ist.

Er machte sich etwas vor: ›Ich werde nicht klingeln.‹

Dann erblickte er das große düstere Haus, in dem alles dunkel war, bis auf ein Fenster im ersten Stock. Sogar da galt es, genau hinzuschauen, um ein wenig gelbes Licht hinter den schweren Vorhängen zu erraten. Ja, und im ersten Stock waren die Schlafzimmer.

Er klingelte, im Bewußtsein, daß er damit geradezu Hausfriedensbruch beging. Er mußte längere Zeit warten, ehe er ein Fenster im ersten Stock aufgehen hörte. Als er emporblickte, entdeckte er Gancels verfallenes Gesicht, das sich über die Brüstung beugte.

Sie fanden, der eine wie der andere, keine Zeit, den Mund zu öffnen, denn die Haustür ging auf, ein hageres Dienstmädchen ließ Malétras in eine geräumige unbeleuchtete Vorhalle ein, wo es ihr erst dann einfiel, den Lichtschalter zu drehen.

»Bitte sehr. Ich werde sehen, ob Monsieur da ist.«

Sie ging ihm durch eine Flügeltür voran in einen Salon, in dem es trotz der Jahreszeit eiskalt war und den spürbar seit langem keiner mehr betreten hatte, so daß man den Eindruck nicht loswurde, man störe die starren Gegenstände und Möbel aus ihrem gespenstischtrauten Beisammensein auf. Gancel kam in Pantoffeln die Treppe herunter, auf der er wiederholt stehenblieb, um sich den Stehkragen zuzuknöpfen.

»Guten Abend, Malétras. Ich fragte mich schon, wer das sein mag.«

»Ich war in der Nähe und dachte, ich käme auf einen Sprung vorbei.«

Er störte sichtlich. Gancel zögerte. Es war unmöglich, jemand, sogar einen Unwillkommenen, in diesem Salon zu empfangen, wo die Läden seit Monaten nicht geöffnet worden waren und die Möbel in grünen Staubhüllen steckten.

»Komm doch einen Augenblick hinauf. Meine Frau wird froh sein, dich zu sehen. Sie hat so selten Besuch!«

Man traute sich nicht, ihm die Tür zu weisen.

»Nur eine Sekunde, wenn du erlaubst, damit ich es ihr sagen kann.«

Man hoffte noch, daß er ablehnte, doch Malétras schwieg, rührte sich nicht von der Stelle. Er erriet, daß man da oben darauf gefaßt war, daß er hinaufkam, denn jemand lief eilig umher, zweifellos, um ein Zimmer aufzuräumen. Als der alte Gancel droben eintraf, wurde das Hin und Her noch eiliger.

Was ließ man wohl verschwinden? Jene intimen, schmuddeligen Sachen, die in Krankenzimmern herumliegen? Er erkannte das typische Geräusch eines Emaileimers, den man am Henkel aufhebt.

»Komm rauf, Malétras«, rief ihm Gancel vom Treppenabsatz her zu. Ließ er sich bloß aus Höflichkeit keinerlei Verstimmung anmerken? Oder war es aus Güte, aus christlicher Nächstenliebe? Das Haus war alt, und die kleinsten Einzelheiten hatten ein endgültiges, weihevolles Aussehen, wie in einem Pfarrhaus oder einer Sakristei.

»Komm herein. Gib mir deinen Hut. Entschuldige, daß du hier empfangen wirst, aber das ist fast der einzige Raum, in dem wir uns aufhalten. Du mußt verstehen. Das ist Malétras, Isabelle.«

Isabelle, wie sie so poetisch hieß, war seine Frau, die zwischen zwei Fenstern auf einer Chaiselongue lag, den Körper in eine dunkle Decke gehüllt. Alles rundum war dunkel, die Wandverkleidung, die antiken Möbel, die Silhouetten. Hell wirkten nur die Gesichter.

Mit der fernen Stimme einer Kranken, die sich schon durch eine Art Schleier von den Lebenden getrennt fühlt, sagte sie: »Setzen Sie sich, Monsieur Malétras. Mein Mann hat oft von Ihnen gesprochen! Sie sind einmal hier gewesen, meine ich, vor langem, als er eine Angina hatte und Sie seine Unterschrift auf ein paar Papieren brauchten. Erinnerst du dich, Gérard?«

Sie lächelte schwach.

»Alice! Du solltest Monsieur Malétras etwas anbieten ...«

Und aus dem Halbdunkel tauchte ihre Tochter auf, schwarz gekleidet, Haar und Augen schwarz. Sie hatte gewöhnliche, anmutlose Züge, die eher an einen Mann denken ließen als an ein junges Mädchen.

»Was soll ich bringen, Papa?«

Nun, immerhin hatte die Mißgeburt eine ungemein weiche, einnehmende Stimme.

»Hol die kleine Karaffe von der Anrichte im Eßzimmer. Ich glaube, sie ist noch halb voll.«

Das Haus war riesig, weil sie es so bekommen hatten, doch bewohnten sie nur eine kleine Ecke, hatten sich auf dieses Krankenzimmer zurückgezogen, aus dem allmählich so etwas wie ein Gemeinschaftsraum geworden war.

Das geschah nicht aus Geiz. Und man klingelte nicht nach der Dienerin. Alice ging, obschon hinkend, selbst die Treppe hinunter.

Malétras war sich bewußt, welche Aufdringlichkeit seine Anwesenheit darstellte. Was hatte er da zu suchen? Nichts. Oder vielmehr doch, er war auf der Suche nach etwas Bestimmten, und die Blicke, die er um sich warf, verrieten ihn.

Er suchte... Es war schwer zu sagen... Es war abscheulich... Nein, es war bloß häßlich und gemein... Es war schlimmer als abscheulich, denn der Abscheulichkeit ist doch noch eine gewisse Größe eigen...

Er war auf der Suche nach Menschen, die noch unglücklicher waren als er selbst.

Sie hatten zur gleichen Zeit angefangen, Gancel und er. Sie hatten zur gleichen Zeit gearbeitet, zur gleichen Zeit ihr Vermögen gemacht. Sie hatten geheiratet und Kinder bekommen, jeder von ihnen einen Buben und ein Mädchen.

Vor zwei Tagen war er zufällig vor der Bank mit einem Gancel zusammengetroffen, der bereits mit einem Fuß im Grab zu stehen schien, und heute abend, als er in sich gewissermaßen einen Überdruck an Bitterkeit oder Wut entstehen fühlte, hatte es ihn gelockt, herzukommen, um sich am Unglück Dritter zu weiden.

»Geht es deiner Frau gut?«

»Ausgezeichnet. Bis vor einer Stunde wenigstens...«

»Du siehst: die meine hält sich tapfer. Sie leidet noch

sehr, doch es kommt kein Wort der Klage über ihre Lippen.«

»Es sind alle so lieb zu mir«, murmelte sie, wobei ihr Gesicht jenen Ausdruck annahm, den man gemeinhin als überirdisch bezeichnet.

»Aber nein. Wir fühlen uns hier in ihrer Nähe am wohlsten, verstehst du. Anderswo erscheint uns das Haus so leer. Deswegen haben wir uns nach und nach gänzlich hier eingerichtet. Sogar einen Schreibtisch habe ich mir dort in der Ecke hingestellt. Wir nehmen unsere Mahlzeiten in diesem Raum ein ...«

Eben deshalb natürlich war das Zimmer, so düster es sein mochte, von intimem, warmem Leben erfüllt. Überall gab es vorübergehend beiseite gelegte Sachen, die die Beschäftigung des einen oder des anderen verrieten: Gancels Brille und ein Buch neben seinem Sessel, eine Näharbeit am Platz des jungen Mädchens ...

»Abends, wenn die Augen meiner Frau zum Lesen zu müde sind, lese ich ihr vor.«

Warum ergab sich aus alledem keinerlei Eindruck von Langweile oder Trostlosigkeit? Die Frau war hilflos und litt Schmerzen während mehr als der Hälfte der Tages- und Nachtzeit. Gancel verzehrte sich vor Kummer um seinen Sohn, der so unerwartet sein Schicksal entschieden hatte, gegen alle Regeln der Familie, der Schmerz untergrub seine Gesundheit und würde ihn in Kürze dahinraffen. Alice, mit einem ebenso hübschen Vornamen wie ihre Mutter, würde in ein paar Jahren, in ein paar Monaten, eine verwaiste alte Jungfer sein.

Doch keinem ihrer Blicke war Haß oder Auflehnung zu entnehmen. Und als Alice mit einem Tablett und

Gläsern zurückkam, sprach aus ihren Augen lediglich Mißtrauen und Ärger gegenüber dem ungebetenen Besucher.

»Gérard redet so oft von Ihnen, daß wir den Eindruck haben, Sie sehr gut zu kennen«, sagte Madame Gancel.

Die Augen ihrer Tochter wiederum sagten: ›Wir mögen Sie nicht. Sie sind ein harter und böser Mensch. Sie sind nicht zufällig heute abend hier vorbeigekommen, und Ihre Absicht kann nur arglistig sein. Was wollen Sie meinem armen Vater noch antun?‹

Dann glitt ihr Blick zu ihrem Vater, ihr Gesicht verklärte sich, nahm einen anbetenden Ausdruck an. Für Malétras war es ein beinahe schmerzlicher Anblick, denn für ihn war es unvorstellbar, daß ein Mensch einen anderen dermaßen verehren, eine Tochter eine solche Gefühlsfülle gegenüber ihrem Vater empfinden konnte, einem kleinen weißbärtigen Mann gegenüber, der schon ganz gebrochen war vor Alter und Sorgen.

»Du nimmst doch sicher ein Schlückchen Cognac. Ob er gut ist, weiß ich nicht, wir trinken nie welchen.«

Auch bei Malétras hatte, als er jungverheiratet und arm war, auf der Anrichte eine Karaffe mit Branntwein gestanden, den man in kleinen Mengen beim Krämer kaufte und bloß unerwarteten Gästen einschenkte, in winzigen Gläsern.

Wartete man etwa nicht darauf, daß er für seinen Besuch eine Begründung vorbrachte? Er brauchte keine zu geben. Es behagte ihm durchaus, daß sie sich jetzt alle den Kopf zerbrachen, welchen Zweck sein Besuch hatte.

Es fiel ihm nicht ein, ein Gespräch in Gang zu bringen, wie es sich eigentlich gehört hätte. Er blieb einfach schwerfällig in einem Sessel hocken, mit gespreizten Beinen, sein Glas in der Hand, und es war an ihnen, etwas zu sagen zu finden, wenn sie kein lastendes Schweigen entstehen lassen wollten, das sie als peinlicher empfanden als er.

Wozu war er hergekommen? Um Hiob in seinem tiefsten Unglück zu sehen. Um in seinem Heim und in trauter, grauenvoller Umgebung einen Mann zu treffen, der allen Grund hatte, sein Schicksal zu beklagen.

Dieser Mann jedoch, der nicht mehr lange zu leben hatte, umsorgte mit den kleinen Handreichungen und Aufmerksamkeiten eines Verliebten eine unter ihrer Bettdecke hingestreckte, ausgemergelte Frau, erkundigte sich einfältig:

»Ist dir das Licht nicht zu hell? Möchtest du nicht, daß ich deine Chaiselongue ein bißchen drehe?... Ist dir nicht zu warm?«

Und sie schaute ihn mit der gleichen Zärtlichkeit an, mit dem gleichen Vertrauen.

Das war es, was ihn in Rage versetzte: das Vertrauen, das sie alle drei ineinander hatten. Sie waren imstande, alle Tage, die Gott werden ließ, von morgens bis abends zu dritt in diesem Raum zu verbringen, samt all ihren Nöten, die sie zweifellos teilten.

Malétras suchte die Bruchstelle. Er hätte viel gegeben, um sie zu finden, um eine jener enthüllenden Kleinigkeiten zu entdecken, einen jener Risse, die plötzlich die grausame Wahrheit unter der oberflächlichen Harmonie erkennen lassen.

»Ich habe indirekt Nachrichten von deinem Sohn.«

War nicht das der schwache Punkt? Würden sie sich nicht endlich, wenn er wie unabsichtlich ins Fettnäpfchen trat, doch betroffen zeigen? Von Alice traf ihn tatsächlich der härteste Blick. Gancel dagegen wandte sich seiner Frau zu, um sich zu vergewissern, daß sie den Schlag ohne Beunruhigung überstand.

»Gerade an dem Tag, an dem wir uns trafen ..., bekam ich am Nachmittag ein Telegramm von meinem Neffen, Philippe, der nach Mont-Revard zu deinem Sohn gereist ist ...«

Da murmelte Madame Gancel sanft: »Jean geht es sehr gut, nicht wahr? Er weiß, daß sein Vater nie etwas gegen ihn unternehmen wird. Diese junge Person scheint ein warmes Herz zu haben, und das ist im Leben die Hauptsache.«

Wie scharf ihn Alice beobachtete, bewies, daß sie bei Malétras' Mißerfolg ihre Lippen nicht hindern konnte, sich kurz zu einem zugleich ironischen und verächtlichen Lächeln zu verziehen.

»Ich habe getan, was ich tun mußte«, seufzte Gancel, seine Brille aufsetzend, nachdem er sie mit einem Wildlederlappen sorgfältig blankgewischt hatte. »Alles übrige wird Gott fügen.«

Da erzitterte Malétras. Und das Erzittern ließ ihn an die Jahre seines Religionsunterrichts zurückdenken, als man ihn lehrte, daß man den Teufel vertreibt, indem man ihn mit Weihwasser besprengt oder das Kreuz vor ihm schlägt.

Nun, Weihwasser hatte man eben vor ihm versprengt. Er war der Teufel. Es zu sein und sie alle zu hassen, gab ihm eine seltsame Befriedigung. Er fühlte sich übervoll von Erbitterung – sein Pfarrer hätte vom Gift des Bösen gesprochen.

Befriedigung gab es ihm, bei einem anderen Menschen eine ähnliche Erbitterung zu spüren, als Alice mit abgewandtem Kopf sagte:

»Geht es Ihrer Tochter gut?«

Da Gancel so oft von ihm sprach, war es unwahrscheinlich, daß sie nicht wußte, daß sie sich entzweit hatten, daß Vater und Tochter nicht mehr miteinander verkehrten, daß sie sich nicht einmal mehr grüßten, wenn Malétras seiner Tochter begegnete, wenn diese im Auto zum Einkaufen nach Le Havre kam.

Nein, sie hatte ihm ihrerseits weh tun wollen. Nun konnte er sie ruhig verabscheuen, dieses häßliche und mißgestaltete Mädchen, das seinen Vater so sehr verehrte, den Rest der Welt aber gewiß haßte und, heute abend, ihn allen voran.

»Vermutlich ist sie wohlauf.«

Und die Mutter, um von dem abzulenken, was sie als Fauxpas empfand: »Glauben Sie, daß die Trockenheit noch andauern wird? Jetzt hat es fast einen Monat lang nicht geregnet...«

Zu spät: Nun dachte er an seine Tochter, an das Auto, das er ihr gekauft hatte, in dem sie oft in Begleitung ihrer Kinder unterwegs war, dem er auf der Straße begegnete oder das er vor Geschäften parkiert fand.

Sie ignorierten sich. Sie würde nicht einmal ihre Kinder, die er nur als Babys gesehen hatte – und das jüngste überhaupt noch nie –, auf ihn hinweisen: ›Der Mann dort mit Melone und Zigarre, das ist euer Großvater.‹

Oder eher umgekehrt. So wie er Berthe kannte und ihre Fühllosigkeit, war sie imstand, flüchtig auf ihn zu zeigen und zu sagen: ›Seht ihr den häßlichen Mann dort? Das ist euer Großvater. Er ist ein schlechter Mensch. Er hat versucht, uns zu schröpfen, wegen einer Frau.‹

Er schaute sie alle drei an. Was unterschied sie von den andern? Er konnte nicht glauben, daß ihre Gutherzigkeit sie derart zusammenhalten ließ, denn die kaufte er niemandem ab. Der Mensch ist nicht gut.

Mit seinen Schwägerinnen hatte er seinerzeit dieses Thema gelegentlich aufgegriffen. Sie waren der Ansicht, Zartgefühl und Herzensgüte seien etwas Besonderes.

›Das ist ein so herzensguter Mann, Malétras.‹

Und er erwiderte, an seiner Zigarre kauend:

›Wenn er sich im Augenblick gütig zeigt, dann weil er schwach oder unglücklich ist. Gütig ist ein Mensch nur, wenn er auf andere angewiesen ist.‹

Ihm gegenüber hatte man sich nie gutherzig gezeigt, niemand, außer seiner Mutter. Und er selbst hatte sich nie gutherzig gezeigt, weil er nie jemand brauchte.

Er war nicht von Grund auf böse, davon war er überzeugt. Er hielt sich für nicht grausamer als sonst jemand. Es war Mannesstolz.

Schon als kleiner Bub versteckte er sich, um zu weinen, wenn ihm etwas weh tat, denn er wollte nicht getröstet werden, auch nicht von seiner Mutter.

Es hieß: ›Er ist hart.‹

Ist man hart, wenn man davon ausgeht, daß ein Mann sich allein durchs Leben schlagen muß?

Er hatte sich nie auch nur einen Centime geborgt.

›Es gibt keinen Grund, weshalb jemand mir Geld geben sollte, das ich nicht verdient habe.‹

Ebensowenig verlieh er welches. Falls jemand an sein Geld wollte, dann sollte er es stehlen, auf eigenes Risiko, so wie er selbst einst aus der Kasse seines Chefs gestohlen hatte. Wäre er erwischt worden, so hätte er die Strafe auf sich genommen, ohne zu jammern.

›Sie sind gütig‹, sagte er sich jetzt, ›weil sie einander brauchen, weil sie ohne einander gar nicht leben könnten.‹

Da ging ihm plötzlich ein Licht auf. Er hörte auf, sich für seine Umgebung zu interessieren. Man redete mit ihm, doch er hörte nicht zu. Er war weit weg, in Lulus Zimmer.

Er war im Begriff, zu verstehen, warum er sie ausgesucht hatte, warum es ihn den ganzen Winter jeden Abend zu ihr gezogen hatte.

Suchte er nicht insgeheim unbewußt jemanden, der alles ihm verdankte, jemanden wie diese Madame Gancel, die unfähig war, allein aufzustehen oder die einfachsten menschlichen Verrichtungen ohne fremde Hilfe zu erfüllen, jemanden, der ohne ihn nicht leben konnte?

Er erhob sich.

»Gehst du?«

»Ja. Ich muß noch woanders hin.«

Ein Blick von Madame Gancel zu ihrer Tochter, ein Blick, der hieß: ›Begleite ihn zur Türe.‹

Gefügig stand Alice auf, doch ihr Vater erhob sich ebenfalls.

»Ich führe ihn hinunter.«

Sie gingen hintereinander die Treppe hinab, und Malétras war beim Weggehen düsterer gestimmt als beim Kommen. In der Vorhalle sagte er halblaut:

»Du weißt doch, daß dein Sohn sich umbringen wollte?«

»Das hätte er nicht getan. Er ist jung.«

»Er hatte schon die Stelle ausgesucht, wo...«

Und der andere, mit einer Zuversicht, die Malétras' Erbitterung nur noch steigern konnte:

»Er hat es mir geschrieben.«

Das war alles. Sie drückten sich die Hand. Die Straße war jetzt dunkel. Sterne standen am Himmel, nicht aber der Mond. In der Ferne gingen Gestalten Arm in Arm den Mauern entlang. Die Haustür fiel ins Schloß. Drinnen wurde die Kette vorgelegt, und Gancel sputete sich wohl, wieder nach oben zu seiner Familie zu kommen, in das Zimmer im ersten Stock, dessen Licht sich hinter den Vorhängen hell vor der Dunkelheit draußen abhob.

Auch Malétras hatte das Bedürfnis, sich in seine Ecke zu ducken, und seine Ecke war...

Er ging schnell, die Hände in den Taschen vergraben. Die Straßen lagen verlassen da. Man sah ihm an, daß er reich war. Wer weiß, ob nicht eines Abends ein Mann plötzlich aus dem Schatten auftauchen würde, um ihm, lebend oder tot, alles abzunehmen, was er bei sich trug? Er hatte keine Angst. Er hatte nie Angst gehabt.

Er kam durch ein paar heller erleuchtete Straßen, wo Leute auf den Caféterrassen frische Luft schöpften. Er sah einen Mann ganz allein, etwas abseits, an einem Tischchen. In dem Café spielte ein Orchester. Man hörte Billardgeräusche, die aus den offenen Fenstern im ersten Stock drangen.

Der Mann war mittleren Alters, ein Angestellter, ein ordentlich gekleideter Kleinverdiener, zweifellos wohlerzogen, recht gehemmt aussehend, und jedesmal wenn Frauen ohne Begleitung vorbeigingen, besonders Strichmädchen, die ihm in die Augen schauten, erschauerte er und wandte den Kopf ab.

Wer weiß? Vielleicht schämte er sich seines Alleinseins wie einer schmählichen Krankheit.

Dunkle Straßen, abermals. Dann Gassen. Er fand ihren Geruch wieder, erkannte von weitem die Türe zum Café der dicken Maria, trat ein, bereits erleichtert, witterte aber sogleich, daß etwas fremd war, feindselig.

Er war noch nie abends gekommen. Er hatte den kleinen Ausschank noch nie im Lampenlicht gesehen.

Der Vorhang an der Küchentür bewegte sich. Maria kam herbei, hatte aber die Tür nur halb aufgemacht und hinter sich gleich wieder sorgfältig geschlossen, als wollte sie verhüten, daß man durch den Türspalt schauen konnte.

»Ich habe Sie nicht gleich erkannt. Ich war nicht darauf gefaßt, Sie um diese Zeit zu sehen. Was darf ich Ihnen bringen?«

Warum setzte sie ihm nicht von sich aus seinen Anisette vor, wie bei seinen anderen Besuchen? Sie brachte ihm schließlich ein Glas, setzte sich einen Augenblick zu ihm und murmelte: »Sie müssen sich einen Moment gedulden. Ich habe da jemand. Aber gleich kann ich mich um Sie kümmern.«

Sie trat zum Eingang, beugte sich hinaus, ungeduldig

oder besorgt. Als sie wieder an Malétras vorbeikam, sandte sie ihm ein Entschuldigung heischendes Lächeln zu.

»Gleich! ...« raunte sie ihm zu.

Sie kehrte in die Küche zurück, wo er nichts sehen konnte, und ein paar Minuten lang hörte er Gemurmel von zwei Stimmen, Marias und die eines Mannes.

Endlich erklangen eilige Schritte auf dem Gehsteig. Jemand kam herein, den er sofort erkannte. Es war das Mädchen, das er schon einmal hier gesehen hatte, dessentwegen ihm die Wirtin zugemurmelt hatte: ›Wenn Ihnen so eine Kleine vielleicht Spaß machen sollte ...‹

Auch sie hatte ihn wiedererkannt. Sie schien sich zu wundern. Sie wollte schon lächelnd auf ihn zukommen, streckte ihm bereits die Hand entgegen, da öffnete sich die Küchentür wieder.

»Komm her, Martine.«

»Ach so!«

Und ihr Gesichtsausdruck besagte: ›Um so besser! Mir war doch, als stimmte da was nicht.‹

Das Gemurmel hinter der Glastür mit dem Guipürevorhang setzte wieder ein. Dann, Schritte auf einer Treppe, die gerade hinter der Wand in Malétras' Rükken nach oben zu führen schien. Er hörte jemanden beim Hinaufsteigen schwer schnaufen.

›Ein Alter‹, dachte er.

Tritte über ihm. Möbel wurden gerückt, ein Krug auf den Boden gestellt.

Endlich kam die alte Maria wieder herunter, ließ diesmal die Küchentür offen und setzte sich zu Malétras. »Es ist ein Herr da, der irgendein wichtiges Amt hat, ich weiß nicht, vielleicht beim Gericht. Er kommt immer am gleichen Wochentag, zur gleichen Stunde. Martine, dieses Flittchen, kam zu spät, typisch, diese jungen Mädchen haben eben noch keine Ahnung vom Leben. Ich darf Sie doch zu einem Glas einladen, weil ich Sie warten ließ?... Doch, doch! Bei Ihnen, nicht wahr, da ist es etwas anderes.«

Lag nicht in diesem letzten Satz eine ganze Fülle unausgesprochener Überlegungen? Bei ihm handelte es sich nicht um einen richtigen Kunden. Er kam nicht »dazu« her.

Sie traute sich nicht zu sagen, er sei ein Freund der Familie. Sie wußte noch nicht mit Bestimmtheit, woran sie bei ihm war.

»Sie brauchen nichts zu befürchten. Er kommt nicht hier durch. Sobald ich höre, daß er fertig ist – und es dauert nie sehr lange –, mache ich die Küchentüre wieder zu. Er zieht es vor, mir nachher nicht zu begegnen. So ist er halt. Man hört ihn auf Zehenspitzen zum Hof gehen, und dann verschwindet er durch die Sackgasse neben dem Schuster.«

Sie wußte nicht weiter. Trotz dem Aperitif, den sie ihm angeboten hatte, trotz ihrem vertraulichen Zwinkern, trotz dem Klatsch, den sie ihm wie einem alten Stammgast oder einem Freund vorsetzte, spürte sie, daß er unzufrieden war und daran dachte, wegzugehen.

»Ausgerechnet seinen Tag mußten Sie treffen! An anderen Abenden bin ich die längste Zeit ganz allein ...«

Merkte sie wirklich nicht, daß was sie da sagte, alles nur schlimmer machte?

Ganz allein ... Also kam er ihrer Meinung nach in diese übelriechende Gasse, bloß zu einem Tête-à-tête mit einer alten Kupplerin!

Und Hermine, die ihn so verachtete, weil sie glaubte, er jage hinter den Röcken kleiner Flittchen her!

Das war es nicht einmal. Es war viel schlimmer. Er war nicht ausschweifend, war es nie gewesen. Er empfand bloß Ekel, wenn er durch die allzu dünne Zimmerdecke gewisse Geräusche vernahm.

›An anderen Abenden‹, hatte die alte Maria versichert, um ihn zu beschwichtigen, ›bin ich die längste Zeit ganz allein ...‹

Und es war so, tatsächlich, daß er sie allein anzutreffen wünschte, daß er verstimmt, eifersüchtig, ja, ein anderes Wort gab es nicht, reagierte, als er die Anwesenheit eines anderen Mannes hinter der Türe entdeckte.

Eifersüchtig worauf?

Er hatte einen Freund, Dr. Verel, den er täglich im ›Cintra‹ traf; der war eines Abends wütend hinausgelaufen, weil an ihrem Bridgetisch durchreisende Engländer saßen, die man nicht zu vertreiben gewagt hatte.

Eine Woche lang hatte er geschmollt. Jeden Abend mußten sich die anderen auf die Suche nach einem Vierten machen und sahen sich genötigt, ihn zu Hause aufzusuchen, beschwichtigend auf ihn einzureden und ihn inständig zu bitten, doch wieder ins ›Cintra‹ zu kommen.

War etwa Verel – er, der doch Nervenkranke und Irre behandelte! – eifersüchtig wegen eines Tischs und eines Stuhls?

»Sind Sie verärgert? Ich muß halt sehen, wie ich durchkomme. Oh, viel brauche ich in meinem Alter ja nicht zum Leben.«

Er betrachtete sie starr. Sie behauptete, sie sei schön gewesen, und das mochte stimmen. Jetzt hatte sie ein feistes, stumpfes Mondgesicht.

Es war nicht das Alter, das sie so wirken ließ. Diese Indolenz, auf die ihre wie verwischten Züge schließen ließen, war ihr gewiß seit jeher eigen gewesen.

Sie hatte sich ein Leben lang treiben lassen, ganz gleich wohin, wie ein Blatt Papier, das der Wind auf dem Gehweg vor sich herweht. Sie hatte in irgendwelchen Betten geschlafen, egal mit wem, hatte gegessen und getrunken, egal was, und erst auf ihre alten Tage war eine Furcht in ihr aufgeglommen, eine einzige: daß eine Krankheit sie für den Rest ihres Lebens an ein Spitalbett fesseln könnte. Auch Lulu war bedenkenlos gewesen. Sie machte sich weder um die Zukunft noch um die Gegenwart irgendwelche Gedanken. Am Anfang hatte sie versucht, ihm einzureden, sie sei immer brav gewesen, denn sie spürte, daß sie Malétras damit eine Freude machte. Dann, durch seine beharrliche Fragerei auf den Gedanken gebracht, daß er im Gegenteil Enthüllungen hören wollte, hatte sie ihm von ihren Liebesaffären während ihrer Zeit im ›Frégate‹ erzählt.

›Es war ein kleiner Rotschopf, der nicht Französisch konnte ...‹

Oder es war ein Mann dieser oder jener Sorte ...

Und sie war ihm aufs Zimmer gefolgt, für nichts, nicht einmal aus Wollust, denn es hatte ihr, wie sie eingestand, immer weh getan.

Sie betrat ein Zimmer, das ihr fremd war, zog sich aus, legte sich hin ...

›Und die Krankheiten?‹ fragte er.

›Wenn man sich darum sorgen wollte!‹

›Und wenn du an einen brutalen Kerl geraten wärst oder an einen Spinner?‹

Sie hatte bloß die Schultern gezuckt.

›Und wenn du ein Kind bekommen hättest?‹

Dann hätte sie eben ein Kind bekommen. Sie hätte es in Pflege gegeben oder zu ihrer Mutter gebracht.

Als sie entdeckte, daß er reich war, hatte sie das in Wut gebracht, weil sie sich genarrt fühlte, weil er ihr eine Komödie vorgespielt hatte. Sie war zuerst entschlossen gewesen, ihn hinauszuwerfen, und erst nachher auf die Idee gekommen, davon zu profitieren.

Und was hatte sie sich gekauft? Einen Pelzmantel, mitten im Mai!

Und warum hatte sie sich als Liebhaber diesen Joseph zugelegt, der nicht schön war, ungesund, unappetitlich mit seinen Furunkeln?

So war es eben!

Sie hatte Lust gehabt, in einem schnellen Wagen nachts spazierenzufahren. Laniel mochte die Gelegenheit benützt haben, irgendwo anzuhalten und sich sein Vergnügen bei ihr zu verschaffen. Diesen Wunsch hätte sie ihm gewiß nicht abgeschlagen.

So eine Fahrt hat schließlich ihren Preis.

Auf sie, auf Malétras, da kam es nicht an! Sie hatte Lust gehabt zu tanzen, und sie tanzte. Hätte er ihr eröffnet, daß er sie mit einem Revolver erschießen würde, wenn sie tanzen ging, sie hätte es trotzdem getan, ebenso wie sie sich weigerte, sich auszuziehen, auch als sie in seinen Augen las, daß es ihm bitterer Ernst war.

Er trank einen Schluck schlechten Branntweins. Er fühlte sich unbehaglich. Maria merkte es.

»Sie sehen aus, als hätten Sie Unannehmlichkeiten.«

Unannehmlichkeiten nannte sie das! Dabei ging es nicht nur um sein gegenwärtiges Leben, sein Leben von morgen, sondern um sein ganzes Dasein, um sechzig Lebensjahre, sechzig Jahre unablässiger Anspannung, deren erschöpfende Belastung er bis in die geheimsten Fasern seines Wesens spürte.

»Na, ein Gläschen mit Maria, und schon denken Sie nicht mehr daran.«

Er lächelte... Es war jenes Lächeln, das er zum ersten Mal, als er sich so elend fühlte, für diesen unbekannten Émile aufgesetzt hatte, der ihm allabendlich seinen Portwein servierte. Ein Lächeln voll Mitleid, eher Selbstmitleid als Mitleid mit anderen.

Er mochte keinen Branntwein. Er war nie ein Trinker gewesen. Heute abend war es sein drittes Glas. Marias Schnaps war stark und von schlechter Qualität, und trotzdem ließ er sich nachschenken.

Dann sah er sie plötzlich eilig hinschlurfen und die Küchentüre schließen. Ein Schatten glitt dahinter vorbei zum Hof, und von oben war Wassergeplätscher zu hören. Schließlich kam Martine herunter.

»Komm, trink ein Glas mit uns, Kleine. Sie gestatten doch, Monsieur?«

Sie mußte sich fragen, ob er nicht auf sie gewartet hatte und es ihr allenfalls bevorstand, nochmals hinaufgehen zu müssen. Sie setzte sich schüchtern auf den ihr angewiesenen Platz und, die Hände auf ihrer Handtasche aus falschem Kroko, die Strümpfe bis unter die Knie gerollt, die spitz unter dem giftgrünen Kleid hervortraten, lächelte sie ihm unbestimmt zu.

Dabei dachte sie mit Sicherheit an nichts.

8

Es war hernach, auf der Straße, einer Straße, die er nicht kannte und nie wiederfinden sollte – obwohl es dort ein eigentümliches Haus gab, zu dem man nicht hinaufstieg, sondern fünf oder sechs Stufen hinab, die er beinahe hinuntergestürzt wäre, wie in eine Falle –, auf dieser Straße war es, nachts um elf herum, vielleicht auch um Mitternacht oder noch später, wo er seinen Entschluß faßte. Daran sollte er sich genau erinnern, ebenso wie an das Haus mit den im Gehsteig abgesenkten Stufen. Er war bei klarem Verstand. Er sah sich durch die Straßen streunen wie ein kranker Hund.

War er vorher betrunken gewesen? Das ließ sich schwer sagen. Er war nur einmal in seinem Leben betrunken gewesen, am Abend nach der Aushebung. Sie waren alle im Tanzsaal eines Cafés gelandet, wo an diesem Abend keine Musik spielte. Die weiten grauen Bohlen, das häßliche Grün der Wände und die Bänke ohne Rückenlehne gaben ihnen bereits einen Vorgeschmack auf die Kaserne.

Er war mit den Burschen seiner Region zusammen, die ihn bis dahin respektierten, weil er gebildeter war als sie und auf Distanz ging.

An jenem Abend indessen, vielleicht weil sie ihn nackt wie alle anderen gesehen hatten, behandelten sie ihn wie ihresgleichen, und bald trieben sie Schindluder mit ihm. Er hatte achtlos getrunken. Er reagierte zornig auf jedes Gelächter, und je mehr er sich erzürnte, desto übermütiger wurden sie. Schließlich war er mitten unter ihnen zusammengesunken, lächerlich, und er hatte sich jämmerlich übergeben müssen.

Seitdem hatte er nie mehr einen über den Durst getrunken, außer vielleicht heute abend.

Er hatte getrunken, ohne auf der Hut zu sein. Er war bei Gancel gewesen, wo man ihm ein kleines Glas einschenkte, ein einziges. Dann, bei Maria, zunächst zwei Gläser, bevor Martine herunterkam. Er hatte eine Runde ausgegeben. Hatte Maria danach noch eine weitere ausgegeben? Wahrscheinlich. Er hatte nicht darauf geachtet.

Betrunken fühlte er sich zu diesem Zeitpunkt nicht, aber in einem ungewöhnlichen Zustand, einem Zustand verzehnfachter Wahrnehmungsfähigkeit. Es schien ihm, als sähe er Gegebenheiten, die er bisher nur verschwommen aufgenommen hatte, nun mit erstaunlicher Klarheit.

Hermine, zum Beispiel. Von wie weit oben sah er sie! Wie klein wirkte sie, engherzig, lächerlich, mit ihrer armseligen Selbstsicherheit und ihrem herablassenden Lächeln!

Er hatte einzig den Fehler gemacht, sich eine Frau auszusuchen, die ihn nicht brauchte, das war alles. Hermine verfügte über ein eigenes kleines Vermögen. Sie redete oft genug davon, die Ärmste: nicht mit Arroganz, gewiß, vielmehr diskret, andeutungsweise, doch diese Andeutungen waren ebenso lächerlich wie die Prahlereien eines Neureichen wie er.

Wenn sie sich abends mit einer Befriedigung, die von Stolz nicht frei war, an ihren kleinen Schreibtisch setzte, die Brille auf der Nase, dann wußte er, daß sie sich anschickte, einem ihrer Pächter, einem ihrer Mieter zu schreiben, daß sie sich mit der Reparatur eines Daches oder mit einer Hypothek befaßte.

Die Art wie sie sagte: ›Mein Notar ...‹

Oder ›Mein Onkel Kénavan ...‹ oder ›Meine Tante de la Lourcerie ...‹

Sie machte hier eine kleine Erbschaft, dort eine weitere, denn es gab in ihrer Familie niemand, der arm war, oder wenn, dann wurden die Leute nicht erwähnt. Alle hatten sie Vermögen, alle auch einen Notar, und sie sprach mit besonderem Nachdruck von einem gewissen Vetter, der in Paris einen Rennstall besaß und den sie zu beerben hoffte, obschon sie vielleicht etwa drei Dutzend waren, die auf dieses Erbe lauerten.

Hermine war sehr stolz darauf, eine *geborene* zu sein, wie sie mal verlauten ließ, ein einziges Mal allerdings. Stolz auch, Generalin gewesen zu sein. Sein Geld hingegen war vulgäres, proletarisches Geld.

So stand es ...

Das hatte er bei Maria überlegt, zwischen den beiden Frauen sitzend, während Martine ihn immer noch neugierig musterte und sich vermutlich noch immer die gleiche Frage stellte.

Sah man es ihm an, daß er getrunken hatte? Zweifellos, denn auch Maria betrachtete ihn sonderbar. Er hatte den Eindruck, wie durch einen Nebel in ihren Augen Mitleid zu erkennen, und das kränkte ihn. Niemand sollte ihn bemitleiden. Mitleid duldete er nicht.

Bei Gancel war man nicht mitleidig mit ihm umgegangen. Man hatte nicht erraten, weshalb er kam. Sein Besuch war mißverstanden worden, vor allem von der Tochter, dieser Alptraumkreatur, deren leichenblasses Gesicht ihn noch immer verfolgte; sie hatte von seiner Seite reine Bosheit angenommen.

Wieso empfand Maria Mitleid? Fing sie etwa an, den wahren Grund zu ahnen, weshalb er zu ihr kam?

Er hatte keine Laster, keine zwielichtigen Gelüste. Er kam hierher... wie ließ sich das ausdrücken? Weil er sonst nirgends einen Platz hatte. Das war nicht ganz richtig. Er kam hierher, weil es wie eine letzte Zuflucht war.

Nein! Es gelang ihm nicht, seine Überlegung klarer zu umreißen. Auf jeden Fall war es unangenehm, demütigend.

Es war ein Abend voller Demütigungen. Gedemütigt war er von zu Hause weggegangen, gedemütigt bei Gancel eingetreten, gedemütigt... Sich vorzustellen, daß sie dort oben, in diesem geräumigen Kranken- und Sterbezimmer beisammen waren, alle drei, von ihm redeten und ihn vielleicht gar bedauerten!

Das ungefähr war es, was er dachte und empfand, ehe er plötzlich aufstand, und dann, um diesen zwei Frauen zu zeigen, daß sie sich in ihm täuschten, daß er ein Mann war wie die anderen auch und nicht auf ihr Mitleid angewiesen, sich zur Küchentüre wandte, kurz zur Decke aufsah, was sie sofort verstanden.

»Willst du?« hatte Maria sich gewundert, ihn nun, da ihre Beziehung sozusagen geschäftlich wurde, erstmals duzend. »Martine!«

»Ja.«

Martine ging voraus, er stolpernd auf der schmalen Treppe hinterher, bereits seinen dämlichen Entschluß bereuend, doch es war zu spät: das Licht wurde angemacht. Ein rotes Seidentuch mit einer hölzernen Zierkugel an jeder Ecke lag über dem Schirm der elektrischen Lampe.

Maria machte das Bett wieder zurecht. Der Bettvorleger am Boden war so abgetreten, daß sich seine ursprüngliche Farbe nicht mehr erkennen ließ; man sah nur noch die Kettfäden. Martine goß Wasser in eine Schüssel.

»Das ist für dich«, sagte sie. »Ich habe mich gewaschen, bevor ich runterkam.«

Anders gesagt, nach dem anderen, dem Herrn, der irgendwas Wichtiges beim Gericht sein mochte.

Komisch. Er mußte betrunken sein, denn obschon er aufrecht mitten im Zimmer stand, fühlte er sich leicht schwanken. Doch es war ihm nicht entgangen, daß Maria zuletzt doch zögerte, als hätte sie Bedenken, sie allein zu lassen. Was befürchtete sie?

Endlich war sie schwerfällig die Treppe hinuntergestiegen, während Martine ihr Kleid über den Kopf und die Träger ihres Hemds von den mageren Schultern streifte, das im Kreis um ihre Füße fiel. Sonst hatte sie nichts an als ihre bis zum Knie aufgerollten Strümpfe.

»Soll ich sie ausziehen?« fragte sie.

Hatte er etwas darauf erwidert? Er wußte es nicht mehr. Er hatte ein feines Stechen in der Brust verspürt und erstarrte mitten in der Bewegung, erschreckt, beunruhigt über das, was in seinem Körper vorging.

Seit langem malte er sich aus, wie er eines Tages der Länge nach zu Boden stürzen würde, einfach so, und er dachte an einen Politiker, über den vor ein paar Jahren viel geredet worden war und der an einem ähnlichen Ort starb.

»Kommst du nicht?«

Sie hatte sich quer über das Bett gelegt und sah zur Decke auf: ihre Beine hingen herunter; wie ein verschämter Jüngling wandte er den Blick von dem obszönen pechschwarzen Dreieck an ihrem Bauch ab.

In diesem Moment hätte er weggehen sollen. Oder vielmehr doch nicht. Denn wenn er gegangen wäre, hätte er sich nicht sagen können, daß er ganz unten angelangt war und sich an weiß Gott was festklammerte.

Er erinnerte sich nun an ein betretenes Schweigen, an sein Keuchen, an das Gesicht, das ihm das Mädchen manchmal zuwandte, verwundert, leicht mitleidig, auch etwas gereizt.

Es mußte schon geraume Zeit verstrichen sein, als er Maria hörte, die, wohl im Glauben, keinerlei Geräusche zu machen, an der Türe lauschen kam.

Es war gräßlich, widerlich. Er wollte aufstehen, doch nun war es Martine, die beharrlich blieb. Gott weiß warum, vielleicht aus einer Art Eitelkeit, vielleicht weil sie Vorwürfe von der Alten befürchtete.

Als er endlich hinunterkam, mit schief geknöpfter Weste, mußte er einen erschreckenden Anblick geboten haben. Sein Blick war von solcher Härte, daß Maria fragte:

»Sind Sie nicht zufrieden? War Sie nicht nett?«

Beinahe wäre er wortlos davongegangen, ohne zu zahlen, hätte am liebsten alles beiseite geschoben, was sich ihm in den Weg stellte. Auf der Schwelle erst hatte er sich an die letzte Geste erinnert, die ihm zu tun blieb. Er hatte seine Brieftasche hervorgeholt, der Alten zwei oder drei Scheine hingestreckt, ohne zu zählen. Er hatte nicht auf Wiedersehen gesagt, sich nicht umgewandt.

Jetzt war es vorbei. Lange Zeit schon ging er, schleppte er sich durch die Straßen wie ein wundes Tier, ja genau, wie ein wundes Tier, nur, daß er immer wieder seine Brust abtastete, daß ihm vor Angst der kalte Schweiß ausbrach, wenn er daran dachte, was ihm vielleicht bevorstand. Er würde krank werden, das stand fest. Sein Leben lang hatte er sich mit diesem Gedanken wie mit einem Traum getröstet. Denn er war so tröstlich wie ein Traum. Wann immer er zu straucheln drohte, tröstete er sich damit, daß er sich eines Tages hinlegen, krank sein und dann bloß noch wohlwollende Gesichter um sich sehen würde.

Es blieb ihm nichts mehr zu bedenken, zu entscheiden. Andere würden für ihn denken und entscheiden.

Alles wäre Sanftmut... Sanftmut! Ein Wort, dessen Sinn er nicht kannte, dessen Geschmack er noch nicht gekostet hatte.

Um einen Kranken herum bemüht sich jedermann zu lächeln, und man läßt eine beruhigende Welt entstehen, ein bißchen wie die Kinderwelt in Bilderbüchern.

Er war krank, würde krank sein. Nur dieser Weg stand ihm noch offen. Vielleicht war er tatsächlich krank. Er wußte, daß er sich bloß hinzulegen brauchte, um es zu sein.

An einer Straßenecke, an der er zwei Polizisten in Pelerinen auf ihre Fahrräder gestützt warten sah, erwog er, ob er nicht jetzt gleich zusammenbrechen sollte, da auf dem Gehsteig.

Er brauchte sich bloß zu Boden sinken zu lassen. Die Polizisten würden herbeieilen, einen Krankenwagen herbeirufen. Man würde ihn ins Krankenhaus einliefern. Nein, er würde noch die Kraft haben, zu sagen, wer er war und auf einer teuren Klinik bestehen...

›Einer unserer geschätztesten Mitbürger‹, würde es am nächsten Tag in den Lokalzeitungen heißen, ›wurde von einem Unwohlsein befallen, als er...‹

Nein! Es war besser, zu Hause krank zu sein, Hermine zu nötigen, ihn zu pflegen, sich ihm gegenüber sanft und nachsichtig zu zeigen. Ob man allenfalls seine Tochter kommen lassen würde?

Die Angst krampfte ihm das Herz zusammen, und er begann rascher zu gehen, den Körper leicht vorgebeugt.

Der Hausschlüssel war in seiner Tasche. Er hätte ihn benützen und hineingehen können, ohne jemanden zu bemühen. Er klingelte.

Vielleicht waren alle schon zu Bett gegangen. Er wußte nicht, wie spät es war. Nach einigen Augenblikken ging im Vestibül Licht an, dann öffnete sich die Türe. Rose stand vor ihm, in Alltagskleidung, Rose, die sich fragen mußte, weshalb er nicht eintrat, weshalb er im Türrahmen stehenblieb und sie anstarrte.

Er merkte, daß er sie ängstigte. Er sah den Moment kommen, in dem sie schreiend davonrennen würde.

Er öffnete den Mund, röchelte:

»Ich bin's, Rose ... Ist Madame da? ...«

War er nicht tatsächlich ernstlich krank? Er machte ein paar Schritte. Es galt noch die fünf Marmorstufen hinaufzusteigen. Das erinnerte ihn an das Haus mit der abgesenkten Treppe. In welcher Straße war das gewesen, guter Gott? Weit weg, zweifellos. Er mußte weit herumgelaufen sein und lang.

»Ist Ihnen nicht wohl, Monsieur?«

Er hielt auf der zweiten Stufe inne, lauschte auf sein Herz, das stehenzubleiben drohte. Da rannte sie an ihm vorbei, stürzte zum Fuß der Treppe und schrie:

»Madame! ... Madame! ... Kommen Sie runter, schnell! ... Es ist Monsieur, er ...«

Er lächelte ... Seine letzte klare Wahrnehmung war, daß er auf der zweiten Stufe stand, aufrecht, eine Hand an der Brust, ein unbestimmtes Lächeln auf den Lippen, Roses schwarzes Kleid vor Augen, ihre bestickte Schürze, ihr weißes Häubchen, und dachte ...

Er stürzte nicht längelang hin. Er war geistesgegenwärtig genug, um die zwei Stufen wieder hinunterzusteigen, sich vorzubeugen und niederzukauern, sich sachte auf die steinerne Treppe sinken zu lassen.

Nun mochte das Dienstmädchen schreien und wie eine Irre ins Haus rennen.

Malétras, zweifellos der Kälte der Marmorstufen wegen, begann krampfhaft zu zittern.

9

Es fing mit einer Fliege an. Er hielt die Augen geschlossen. Sein Körper war reglos, schlaff, zweifellos schlief er noch halb, jedenfalls schien ihm, als sei er unfähig, sich zu rühren, und die Fliege umsummte ihn, wobei er sie verfolgte, auf sie lauschte, mit seinen erwachenden Sinnen sich bemühte, zu erraten, wo sie sich niederlassen würde, auf der Nase, der Stirn, der Schläfe, auf dem schweißfeuchten Kopfkissen?

Mehr als fünfzig Jahre hatte Malétras sich nicht mehr um Fliegen gekümmert, hatten sie für ihn nicht mehr existiert. Zwar wußte er, daß es welche gab, weil man in den Zimmern Fliegenfänger anbrachte und er solche im Großvertrieb verkaufte! Allenfalls mochte es vorgekommen sein, daß er mit einer unbewußten Handbewegung Fliegen verjagt hatte, die ihn beim Zeitungslesen störten. Über fünfzig Jahre lang war ihm die Existenz von Fliegen nicht mehr bewußt geworden. Diese aber, die er nicht sah, weil er die Augen geschlossen hielt, erkannte er nach all den Jahren doch sofort wieder. Es war die Fliege der im Bett verbrachten Vormittage. Da Malétras auch als Kind keinen Vormittag freiwillig im Bett verbracht hatte, war es die Fliege des Kranken-Vormittags. Des Vormittags mit Mumps, der einzigen Krankheit, die ihn einst für drei Tage ans Bett gefesselt hatte.

Es war eine Fliege vom Mai oder Juni, wenn der Sommer noch nicht zu warm ist, und besonders, wenn man sich noch nicht an die Hitze gewöhnt hat.

Die Sonne drang nicht ungehindert ins Zimmer, was man merkte, ohne die Augen öffnen zu müssen: sie stahl sich durch die Ritzen der Jalousien, und die Wände, das Bett, Malétras selbst trugen ein Streifenmuster von Schatten und goldenem Licht.

Die Fliege ließ sich auf seine Stirn nieder. Das Kitzeln war ähnlich wie damals, irritierend und lustvoll. Malétras hielt sich zurück, um die Hand nicht unter der Decke hervorzuziehen, merkte, daß er nicht lang widerstehen könnte, und gerade, als er es nicht mehr ertrug, flog die Fliege weg, um ihn herum, kleinere und größere Kreise ziehend, entfernte und näherte sich, während er zu erraten suchte, wo er ihre kleinen hurtigen Füßchen aufsetzen fühlen würde...

Oh, er machte sich keine Illusionen! Fieber hatte er nicht.

Er war bei klarem Verstand und sogar, noch kaum wach, von unbarmherziger Klarsichtigkeit. Er wußte, daß das, was da lag, der alte Körper von Jules Malétras war, ein massiger verbrauchter Leib mit einem Gesicht voll grauer Bartstoppeln, so hart wie die Borsten einer Wurzelbürste. Der Fliege mußte er noch ungeheuerlicher erscheinen, als er war, grauenerregend, vielleicht umsurrte sie ihn deshalb so lange, ehe sie sich niederließ und kaum einen Augenblick am selben Platz verharrte.

Etwas stieg in seiner Kehle auf wie eine Luftblase

Ein unbestimmter Gedanke, ein vager Wunsch entstieg seinem Gehirn, löste sich von ihm, verflüchtigte sich sogleich, hinterließ nur etwas Feuchtigkeit hinter den schweren prickelnden Lidern. Eine Sekunde, einen Bruchteil einer Sekunde wünschte er sich – nein, es war unbestimmter als ein Wunsch... wie sollte man es nennen? – noch der kleine Junge mit rosiger, straffer Haut zu sein, der Mumps hatte. Diesem Leib zu entrinnen, der ihn anekelte, diese verbrauchte, gealterte Haut los zu sein, diese struppigen Borsten, diesen rauhen Atem...

Das entwickelte sich zu einem Bild, mehr noch zu Geruchseindrücken, jenen der Samstagabende in der Küche hinter dem Lebensmittelladen, mit dem großen Wäschebottich voll seifigen Wassers, in dem er gebadet wurde.

Hernach duftete er noch lange, sogar draußen, auf dem Kirchplatz, nach Bad, nach Sauberkeit.

Warum war es später nicht möglich, als erwachsener Mensch, als alter Mann, gründlich saubergewaschen zu werden, an Leib und Seele?

Er war nicht traurig. Er lehnte sich nicht auf. Er würde sich nie mehr auflehnen. Er meinte, alles zu überblicken. Von dieser Nacht beispielsweise, die er gerade durchlebt hatte, davon hätte er eine minuziöse Bilanz aufstellen können, nicht mit Worten, nicht mit Sätzen, doch gleichsam in Zahlen, exakten Zahlen, mit einer Stahlfeder geschrieben, in tiefschwarzer Tinte, auf dem harten Papier eines Malétras-Hauptbuchs.

Um sich der Tageszeit zu vergewissern, hätte er bloß rasch blinzeln müssen. Er hörte vom weißen marmornen Kaminsims her das Ticken der Louis-XVI-Pendule aus vergoldeter Bronze, die, wie es im Hause hieß, von Hermines Seite kam. Doch er brauchte nicht die Hilfe der Zeiger auf dem gewölbten Zifferblatt mit den eleganten Ziffern. Die Fliege, der Geruch im Haus, die Geräusche der Straße ließen ihn den Augenblick auf etwa die Mitte des Vormittags ansetzen, zwischen zehn und halb elf.

Ganz in der Nähe, im selben Zimmer, ging jemand hin und her, den er noch nie gesehen hatte. Er vernahm ein eigentümliches Rascheln, nicht jenes eines weichfließenden Kleides, sondern das eines gestärkten Kittels, eines Schwesternkittels. Zuweilen trat jemand zu ihm ans Bett, betrachtete ihn, und er verharrte reglos, weiterhin den Anblick eines schlafenden Mannes bietend. Einmal wurde sachte sein Handgelenk ergriffen. Er merkte, daß man ihm den Puls maß, und er hätte beinahe gelächelt, mußte sich zusammennehmen, um die Lippen unbewegt zu halten.

Er hatte im voraus gewußt, daß bei seinem Erwachen eine Krankenpflegerin bei ihm sein würde. Er wußte auch, daß er nicht mehr krank war. Diese Schlaffheit, die in seinen Gliedern anhielt, hatte dieselbe Ursache wie der etwas fade, aber nicht unangenehme Nachgeschmack in seinem Mund: es war das Medikament, das man ihm dreimal innerhalb drei Stunden verabreicht hatte.

Drei Stunden hatte der Anfall gedauert. Währenddessen hatte er die Augen offen gehabt und Viertelstunde um Viertelstunde den Gang der vergoldeten Zeiger auf dem Louis-XVI-Zifferblatt verfolgt.

Keinen Augenblick hatte er das Bewußtsein verloren. Vermutlich war er sein ganzes Leben lang nie derart hellsichtig gewesen.

Unten, im Vestibül mit den weißen Steinplatten, hatte er geglaubt, ohnmächtig zu werden, um ihn hatte sich alles gedreht, doch die Ohnmacht, die er erhofft hatte, die er wie eine Befreiung herbeisehnte, war nicht eingetreten.

Er lag da, kraftlos zusammengesunken am Fuß der Treppe, während Rose schreiend in den ersten Stock hinaufhastete. Er war bei so klarem Verstand, daß er dachte: ›Zu zweit können sie mich nie tragen. Sie werden Eugénie wecken müssen.‹

Und gleich danach: ›Mein Atem muß nach Alkohol riechen, und Hermine wird annehmen, ich sei betrunken.‹

Das dachte er, und er war überzeugt, daß er sterben würde. Sein sehnlichster Wunsch war es, sein Bett zu erreichen, und ihm graute vor unüberwindlichen Hindernissen, die ihn davon trennten.

Hermine kam herunter, durch die Schreie des Zimmermädchens ganz verstört, in ihrem blauen Satin-Morgenrock mit breitem Spitzenkragen. Er hatte es vorgezogen, die Augen zu schließen.

Sie tastete ihn ab. Panische Angst befiel sie. Sie redete auf ihn ein: »Jules! Hören Sie mich, Jules?«

Zu zweit mühten sie sich mit seinem massigen Körper ab, faßten ihn unter den Armen, brachten es fertig, ihn aufzusetzen, und da begriff er, daß er ihnen helfen mußte, machte eine Anstrengung und kam, von den zwei Frauen gestützt, auf die Beine.

Um keine Zeit zu verlieren, rief Hermine bereits auf der Treppe laut nach der Köchin, die im zweiten Stock schlief: »Eugénie!... Eugénie!... Monsieur ist krank... Kommen Sie schnell... Eugénie!...«

Er erinnerte sich, daß sie, als sich nichts rührte, zornig anfügte: »Die alte Hexe ist taub!«

Man hatte ihn geschoben, gezogen, herumbugsiert wie einen leblosen Körper, ihn schließlich auf den Rand seines Bettes fallen lassen, wo er sitzenblieb, mit schlaffen Armen, verschwommenem Blick.

Er würde sterben. Davon war er überzeugt. Es schien, daß in seinem Inneren ein Mechanismus jeden Augenblick stehenzubleiben drohte. Man stellte ihm Fragen. Welche Idee, ihm Fragen zu stellen, wo er doch nicht imstande war, zu antworten, sondern alle Kraft für sich selber brauchte, völlig dem Inneren seines Wesens zugewandt!

Wieso vermochte er weiterhin zu überlegen, zu sehen, zu hören? Rose, die die Treppe hinaufrannte, die wie verrückt an eine Tür klopfte, Schritte über seinem Kopf, die dicke, mondgesichtige Eugénie, die aufstand.

»Rose!... Wo bleiben Sie, Rose?« drängte Hermine. »Rufen Sie schnell Dr. Verel an... Seine Nummer steht über dem Apparat... Er soll sofort kommen... Sagen Sie, daß Monsieur...«

Natürlich hatte auch er sich schon Gedanken über den Tod gemacht, jedoch noch nie so wie in dieser Nacht.

Unsinnig war es!

Es gab keinen anderen Ausdruck. Auf tragische Weise war es unsinnig! Rose telefonierte, Eugénie trug man auf, das Feuer wieder anzumachen, Gott weiß wozu, Hermine beobachtete ihn und empfahl ihm, sich hinzulegen, wurde ungeduldig und war nahe daran, ärgerlich zu werden, weil er beharrlich auf dem Bettrand sitzenblieb, den Körper nach vorn geneigt, beide Hände auf der Brust.

Er konnte ihr nicht erklären, daß es, wenn er sich hinlegte, zu Ende sein würde. Ihm schien, als genügte die geringste Bewegung, um das unsichtbare Uhrwerk anzuhalten, das noch lief, aber von einer Sekunde zur anderen versagen mochte.

Sie weinte nicht. Auch sie dachte gewiß an den Tod. Nicht auf die gleiche Weise indessen. Er verstand nun das Drama der Sterbezimmer. Jedermann denkt an den Tod. Aber es gibt nur einen, der daran als an den eigenen denkt. Die anderen wissen, daß sie am Morgen die Ritzen der Jalousien sich erhellen sehen und Kaffee serviert bekommen werden.

Seine Schuhe waren schmutzig. Er sah sie und auch den Schmutz an seinen Hosen. War es möglich, daß ihn das kümmerte?

»Was ist!... Verel?...« brachte er in einem Moment hervor, in dem alles um ihn herum verschwamm.

»Er kommt... Beruhigen Sie sich... Rose hat ihn angerufen... Er kommt gleich...«

Welch seltsame Neugierde in Hermines Blick! Eine achtungsvolle Neugierde! Weil er zweifellos sterben würde!

»Rose! Gehen Sie hinunter und bleiben Sie in der Nähe der Haustüre, damit Sie Dr. Verel öffnen können, sobald Sie seinen Wagen hören.«

Wie unsinnig das alles, guter Gott! Er hatte kaum Zeit gehabt zu leben! Er hatte eben erst gemerkt, daß er lebte! Er hatte gearbeitet, immer nur gearbeitet! Welche Leistung hatte er erbracht, unermüdlich, welchen Einsatz an Schaffenskraft, an Willen, wovon er das erdrückende Gewicht auf den Schultern spürte!

Und auf einen Schlag, einfach so...

Er stand auf. Hermine erschrak, wollte ihn zwingen, sich wieder hinzusetzen. Sie begriff nicht, daß er stehend schon etwas weiter vom Tod entfernt war. Es mußte nun rasch gehen. Verel sollte kommen. Es war Zeit. Er konnte sich nicht länger allein wehren.

Endlich Stimmen auf der Treppe. Hermine, die zum Geländer eilte, Geflüster auf dem Treppenabsatz, dann der Trottel, der sich verpflichtet fühlte, seine kleine Komödie aufzuführen:

»Na, mein alter Malétras, es soll nicht so gut gehen, höre ich? Lassen Sie mich mal die Augen sehen... Nun!... Allzuschlimm scheint es nicht zu stehen...«

Er hatte seine Arzttasche dabei. Automatisch sah er sich nach einer Möglichkeit zum Händewaschen um, krempelte die Hemdärmel auf.

»Helfen Sie mir doch, ihn auszuziehen.«

Jetzt zitterte Malétras. Er fror. Vielleicht war es Furcht. Man entblößte seine blasse, haarige Brust, bedeckte sie mit einem Tuch. Hermine neigte sich vor, um das Mienenspiel des Arztes zu beobachten.

»Rufen Sie meinen Fahrer herauf... Ich nehme an, Sie möchten sich nicht hinlegen, nicht wahr, Malétras?... Helfen Sie ihm in den Schlafrock...«

»Er zittert.«

»Haben Sie Eis?«

»Im Kühlschrank ist welches.«

Rose, die sich auf dem Treppenabsatz in der Nähe der offenen Tür aufhielt, hatte den Fahrer heraufgeholt, der, die Mütze in der Hand, unschlüssig von einem Bein aufs andere trat.

Es wurde halblaut geredet. Malétras vernahm:

»Hör zu, Désiré... Du holst jetzt den Professor Picard... Du weißt, wo er wohnt?«

»Ja, Monsieur.«

»Du bringst ihn hierher... Sag ihm...«

Das übrige murmelte er, und Malétras begriff: Es war ernst. Es war dringend.

Eugénie stand auf der Treppe. Man schickte sie in die Küche nach Eis.

Hermine wiederum versuchte, Verel zum Treppenabsatz zu ziehen, um ihn auszuforschen, doch er stellte sich begriffsstutzig.

»Beunruhigen Sie sich nicht, Malétras... Das geht vorbei... Da es aber nicht in mein Fachgebiet fällt, habe ich Professor Picard holen lassen... Sie kennen doch Picard?... Aber ja!...«

Er redete pausenlos. Ihm drohte ja kein plötzlicher Tod. Von Zeit zu Zeit prüfte er mit einem scharfen, möglichst kurzen Blick Malétras' Gesicht. Sicher hatte er ein bißchen Mitleid mit ihm. Anderntags um fünf würde er im ›Cintra‹ verkünden:

»Übrigens, der arme Malétras, der kommt nicht mehr... vergangene Nacht wurde ich zu ihm gerufen, und...«

Von Zeit zu Zeit vermochte Malétras einen schwachen Seufzer auszustoßen, der ihn erleichterte, und dann wagte er, den Kopf anzuheben, um sich zu blikken.

Die anderen waren Lebende. Weil sie Lebende waren, genierte sie sein Blick, sie zwangen sich zu einem Lächeln, mußten alle sofort etwas sagen.

Wie unsinnig war das doch!

Schon zehn Minuten vor eins! Der weiße Marmorkamin ... Hermine hatte einen weißen Marmorkamin haben wollen ... Als er ihn zum ersten Mal sah, war Malétras davon angetan gewesen, denn er verlieh dem Zimmer ein Gepräge von besonderem Luxus, den er nicht kannte.

»Da ist das Eis, Madame. Wo soll ich es hintun?«

Eugénie brachte die Eisschublade aus dem Kühlschrank mit schön gleichmäßigen Eiswürfeln, wie man sie zum Orangensaft gibt, wenn Besuch da ist.

»Haben Sie eine Wärmeflasche aus Gummi oder einen Irrigator?«

Das beklemmende Angstgefühl war wieder da, stärker als vorher, und es wuchs, wuchs an, hob ihn gleichsam empor, bis seine Füße den Boden nicht mehr berührten, alles verschwand, ein Angstschrei entrang sich seiner Kehle, vielmehr nein, er wollte den Mund aufmachen, wagte es aber nicht, wollte nichts von seiner Kraft hergeben, und wie eine Rakete, die ihren Gipfelpunkt erreicht, blühte es in ihm auf, der Schmerz zerstob in tausend kleine Schmerzen, die nach und nach abklangen und ihm eine Verschnaufpause gönnten.

Professor Picard, dem Malétras bisher nur flüchtig begegnet war, ein eleganter, wohlhabender Mann mit etwas brüsken Manieren, betrat das Zimmer und drückte Verel die Hand.

Er sagte nichts, holte einige Instrumente aus seiner Arzttasche.

»Um wieviel Uhr hat der Anfall begonnen?«

Picard hatte sich an Verel gewandt, doch es war Hermine, die antwortete.

»Er kam kurz nach Mitternacht nach Hause. Ganz plötzlich ist er im Vestibül im Erdgeschoß zusammengebrochen ...«

Malétras zählte nicht mehr. Er war bloß ein Objekt, das man untersuchte, über das man sich halblaut, manchmal auch laut, unterhielt.

»Finden Sie nicht, Herr Professor, daß er im Bett besser aufgehoben wäre? Er zittert ja.«

Keine Antwort.

»Bringen Sie mir bitte ein halbes Glas Wasser.«

Er entnahm seiner Brieftasche eine dünne Falttüte mit Pulver, das er, mit seiner goldenen Füllfeder umrührend, im Wasser auflöste.

»Trinken Sie ... Trinken Sie langsam ... Es schmeckt nicht schlecht.«

Es schmeckt nicht schlecht! ... Was machte es schon, ob es schlecht schmeckte oder nicht?

»Ich dachte an einen Eisbeutel aufs Herz ...«, sagte Verel.

Man stimmte ihm mit einem Kopfnicken zu.

Von da an hieß es nur noch warten. Sie warteten alle, die zwei Ärzte und Hermine im Zimmer, Rose auf dem Treppenabsatz, Eugénie und der Fahrer unten in der Küche, wo Eugénie für alle Fälle Kaffee kochte.

Man wartete zunächst schweigend. Dann, wie zufällig, kamen die beiden Ärzte beim entferntesten Fenster zusammen und unterhielten sich leise. Malétras spürte, daß Hermine darauf brannte, sich ihnen anzuschließen. Sie traute sich nicht gleich hinüberzugehen. Sie fragte, ohne zu überlegen, was sie sagte: »Geht es besser?«

Und er, Malétras, wußte sehr wohl, daß sie zum Fenster gehen würde, ahnte die Fragen voraus, sogar des Professors Achselzucken, das besagen sollte: ›Es läßt sich noch nicht mit Bestimmtheit sagen ...‹

Seine Sinne waren derart geschärft, daß er sogar das leise gestammelte Wort Tochter auffing.

»Glauben Sie, daß ich seine Tochter kommen lassen muß?«

Was sollte der Professor antworten? Er wußte nichts, der Mann! Er steckte nicht in Malétras' Haut!

Alles, was er für Malétras hatte tun können, war, ihm ein Medikament zu verabreichen, zweifellos Nitroglycerin. Man würde sehen, wie es wirkte.

Malétras war ganz allein. Gewiß, es war ihm oft passiert, daß er sich einsam fühlte. Diesmal war es anders. Nun erfuhr er, was absolute Einsamkeit war, wurde sich ein für allemal bewußt, daß der Mensch, wie auch immer, einsam durchs Leben und in den Tod geht.

Hermine gedachte, seine Tochter an sein Sterbebett kommen zu lassen. Sie war drauf und dran, Telegramme aufzugeben, herumzutelefonieren. Wer weiß? Vielleicht ließ sie sich dabei teilweise vom Wunsch leiten, dieses Zimmer einen Augenblick zu verlassen, diesem zermürbendem Warten zu entrinnen, im unangenehmsten Moment nicht da zu sein.

Zweimal kehrte sie ans Bett ihres Mannes zurück. Zweimal gesellte sie sich wieder zu den Ärzten, und schließlich verließ sie das Zimmer, begab sich hinunter ins Büro, und er hörte sie telefonieren.

Welchen Unterschied machte es schon, ob seine Tochter kam oder nicht? Wer auch immer dasein mochte ...

Ein Uhr fünfunddreißig. Der Professor füllte das Wasserglas zur Hälfte und schüttete das Pulver einer weiteren Falttüte hinein.

»Trinken Sie ... Ich glaube, es beginnt zu wirken ... Sie fühlen sich bereits etwas besser, nicht wahr?«

Er schüttelte den Kopf und merkte, daß es dem Professor völlig egal war; der hätte sich gar zu gern eine Zigarette angezündet. Zweimal schon hatte er ein prächtiges Etui aus der Tasche hervorgeholt. Wenn es überstanden war und er wieder im Auto saß, dann konnte er endlich ...

Malétras suchte unterdessen nach etwas, woran er sich festklammern könnte, ein Bild, eine Erinnerung; als sein Sohn zur Welt kam, beispielsweise, und als ... Aber nein! Sein Sohn war tot. Zurück blieb nur das abscheuliche Notizheft. Seine Frau ... Seine Tochter ...

Er fand nichts, es war leer, chaotisch, gab ihm das Gefühl, daß er sich vergeblich abmühte, und einen größeren Sprung zurückmachen, in frühen Kindheitserinnerungen suchen mußte.

Doch wenn ohnehin bloß seine Kindheit zählte, wozu überhaupt suchen?

Hermine kam wieder herauf, mit einem verlegenen, gezwungenen Lächeln auf den Lippen.

»Geht's dir besser?«

Sie bettelte, und er hütete sich, den Kopf zu schütteln. Er wußte auch nicht, wie es stand. Er war wie ein Schlachtfeld, auf dem verschiedene Gewalten um ihn rangen, er selbst war außerstande, einer davon beizustehen, konnte sich nur auf sich selbst zurückziehen, nur auf das Echo des Kampfes achten, auf das Ticken des unsichtbaren Uhrwerks.

Warum lungerte Rose schniefend draußen auf der Treppe herum? Sie mochte Malétras nicht. Sie hatte keinerlei Grund, ihn zu mögen. Es war die Stimmung im Haus, die sie beeindruckte.

Unten klingelte es abermals. Wer war noch herbeigeholt worden? Seine Tochter konnte es nicht sein, da sie nicht in Le Havre lebte. Hermine lief hastig davon, und er begann etwas zu ahnen, denn der schuldbewußte, ängstliche Blick, den sie ihm zugeworfen hatte, sprach Bände: Sie hatte den Priester rufen lassen!

Daß es tatsächlich der Priester war, schloß er daraus, daß der Besucher nicht heraufkam, sondern ins Büro geführt wurde, wo Hermine eine ganze Weile bei ihm blieb, um dann, als sie zurückkehrte, zu den beiden Ärzten zu treten, die sie leise befragte, die aber keine Antwort wußten.

Um zwei Uhr zehn setzte er sich auf den Bettrand, und man verabreichte ihm seine dritte Arzneidosis. Die Erholungspausen wurden länger und häufiger. Obwohl er bereits den zweiten Eisbeutel an die Brust drückte, spürte er keine Kälte mehr.

Er schwebte. Er schwebte über ihnen allen, weit über allen Menschen.

»Finden Sie nicht, Herr Doktor, daß er schon rosiger aussieht?«

Ja, doch! Dazu brauchte er keinen Spiegel. Er spürte, wie das Blut wieder in seinen Adern zu zirkulieren begann. Er brachte es nur noch nicht über sich, sich hinzulegen. Die Angst saß ihm noch immer im Nacken.

Zuweilen hörte er eine Schiffssirene, zuweilen einen Zug. Das war immerhin ein Zeichen, denn während zweier Stunden, bis zum Klingeln des Priesters, hatte er vom Leben außerhalb seines Zimmers nichts mehr wahrgenommen.

Eugénie hatte Kaffee und Tassen auf einem Tablett heraufgebracht. Wird denn nicht auch an Begräbnistagen etwas serviert? Hermine schlug vor: »Nehmen Sie nicht ein Gläschen Branntwein?«

Die beiden Ärzte lehnten ab, vor Malétras konnten sie doch unmöglich ...

Wohlan! ... Er war nicht tot. Er würde nicht sterben, dessen war er fast gewiß. Eine wohlige Wärme breitete sich in ihm aus, mehr seelisch als körperlich. Ein Fluidum durchfloß seine Glieder. Er wollte davon noch nichts zeigen. Er wollte sicher sein. Seine Augen fixierten das weiß emaillierte Zifferblatt der Pendule, als könnte er das doch unmerkliche Vorrücken der Zeiger verfolgen.

Endlich, genau um drei Uhr zehn, stieß er unwillkürlich einen tieferen Seufzer aus. Die Rakete war sehr hoch emporgestiegen, viel höher als die anderen. Sie zerplatzte in einer gewaltigen Garbe, die bis in die entferntesten Winkel seines Körpers ausstrahlte. Er hatte sich anschwellen gefühlt, anschwellen bis zur

Loslösung von der Erde, und in weniger als einer Sekunde war alle Angst aus seiner Haut entwichen...

Er war wieder ein Mensch wie jeder andere.

Er war nicht tot! Er hatte nicht mehr Grund, tot zu sein, als sonst jemand. Als Beweis dafür erhob er sich ganz von selbst. Hermine, vielleicht annehmend, daß er delirierte, schrie auf: »Was tun Sie denn?«

Er mußte pissen! Das war die Reaktion! Er war imstande, allein zum Pissen ins Badezimmer zu gehen.

Er fühlte sich wackelig. Seine Bewegungen waren unsicher. Hermine wollte ihn stützen, doch er schob sie zurück, und es war Verel, der ihn ins Badezimmer begleitete.

»Sie sind davongekommen, mein Alter... Sie haben uns ganz schön Sorgen gemacht, aber jetzt ist es vorbei... Picard hat es mir vor ein paar Minuten bestätigt... Nachdem die Krise überstanden ist... Eine ruhige Nacht, und man wird Ihnen nichts mehr anmerken...«

Was brachte Malétras zu einem flüchtigen Lächeln voll grimmiger Ironie?

»Ich glaube, Picard wird Ihnen eine Spritze geben, damit Sie zehn Stunden durchschlafen...«

Das war ihm herzlich egal.

»Und der Pfaffe?« ließ er sich mit sarkastischer Betonung vernehmen, so daß seine Frau ihn hören mußte.

»Madame Malétras meinte es gut... Kann ich Ihnen helfen, sich auszuziehen?«

Denn er hatte noch immer seine verdreckten Hosen an, seine Schuhe an den Füßen.

Als er ins Zimmer zurückkehrte, war seine Frau mit

Roses Hilfe dabei, das breite Bett zurechtzumachen. Sie hatte die Nachttischlampe angemacht, und alle Unordnung war verschwunden.

»Wie fühlen Sie sich? Legen Sie sich jetzt hin ... Der Professor wird Ihnen eine Spritze geben, damit Sie ruhig schlafen können ...«

Was machte sie alle so befangen? War es sein Gesichtsausdruck? Er spürte, daß er nicht seinen üblichen Ausdruck hatte. Er lächelte nicht eigentlich, doch in seinen Zügen lag keinerlei Härte. Er war entspannt, noch ein bißchen schwebend. Er betrachtete alles um sich herum mit einer außerordentlichen Losgelöstheit, in die sich Ironie mischte und vielleicht ein wenig Verachtung.

Er zeigte sich folgsam wie ein Kind. Seine Miene drückte etwa aus: ›Jetzt könnt ihr mit mir tun, was ihr wollt. Es ist mir egal. Ich habe nichts mehr mit euch gemein.‹

Er hörte, daß von einer Krankenpflegerin die Rede war. Hermine, aus Prinzip, aus Tradition, weil sie die Frau sein wollte, die sich bis zuletzt aufopferte, die ihre Pflicht tat und mehr noch, bestand darauf, auf ihn aufzupassen und für ihn zu sorgen.

Da wandte er sich zu Verel, wie an einen Komplizen, und sagte ganz einfach, aber in einem Ton, der keine Widerrede duldete:

»Eine Pflegerin!«

Er legte sich hin. Man entblößte seinen Schenkel, um ihm eine Spritze zu geben. Rose wandte den Kopf ab.

Man machte sich noch ein wenig an ihm zu schaffen, flüsterte, ordnete Dinge anders an. Die Haustür ging auf und wieder zu, ein Auto fuhr in die Nacht davon, fast schon bei Morgengrauen.

Etwas später merkte er, daß in Hermines Badezimmer ein Bett aufgeschlagen wurde, und schließlich schlief er ein.

Alles war ihm klar. Die Krankenpflegerin hatte, während er schlief, das Zimmer nach ihrem Bedarf umgestellt. Hermine mußte sich im Gästezimmer am Ende des Korridors hingelegt haben, um das Bett im Badezimmer der Schwester zu überlassen.

Alle im Haus waren wach. Er hörte vertraute Laute. Ihm schien, als hätte er im Schlaf das Geräusch von in den Briefkasten fallenden Umschlägen wahrgenommen, dann die Schritte des sich entfernenden Postboten.

Er spielte noch immer mit der Fliege. Er fühlte, daß sie knapp davor war, herabzusurren, ein köstlicher Schauer überrieselte ihn, und er wartete, zunehmend gespannt, bis sich ein Kitzeln auf der Stirne einstellte.

Er hätte gern noch lange weitergemacht, doch ein Bedürfnis meldete sich drängend, wie damals, als er klein war und mit Mumps im Bett lag und sich bis zum äußersten zurückhielt, bevor er sich auf den Bettvorleger stellte und nach dem Nachttopf griff.

Er hielt es nicht länger aus. Er öffnete die Augen, erblickte neben dem Bett einen Tisch, den er nicht kannte, der vermutlich vom Boden heruntergeholt worden war und über den man ein weißes Tuch gebreitet hatte. Streng ordentlich waren darauf Fläschchen und Instrumente ausgelegt.

Sein erster Gedanke war, aufzustehen, und er schlug die Decke zurück, doch da trat die Pflegerin an sein Bett, ohne weiteres Geräusch als das trockene, fast knisternde Rascheln ihres gestärkten Kittels.

»Haben Sie gut geschlafen?«

Er fühlte sich enttäuscht. Sie war weder schön noch hübsch. Er schätzte sie auf ungefähr vierzig. Sie war gedrungen, kräftig, mit harten Zügen, der gelassenen, beherrschten Miene einer Frau, die ihre Pflicht tut.

»Möchten Sie etwas?«

»Ich möchte ...« begann er und schielte nach der Tür seines Badezimmers.

»Rühren Sie sich nicht ... Sie dürfen heute nicht aufstehen. Der Professor hat völlige Bettruhe verordnet.«

Sie hatte ihn so gut verstanden, daß sie ihm mit taschenspielerischer Geschicklichkeit, wie ohne ihn zu berühren, eine Bettpfanne aus Porzellan unterschob, wie er sie nur während der Krankheit seiner ersten Frau gesehen hatte.

»Bleiben Sie völlig ruhig ... In einer halben Stunde ... um elf kommt der Professor, um nach Ihnen zu sehen ...«

Er, der nie schamhaft gewesen war, der nie solche Rücksichten übte, hatte alle erdenkliche Mühe, in ihrer Gegenwart zu urinieren. Sehen konnte sie nichts, doch die Vorstellung, daß sie das Geplätscher hörte ...

Offenbar konnte sie ihm das nachfühlen. Sie war den Umgang mit kranken Männern gewöhnt. Und sie ging die Jalousien öffnen, ließ die Sonne voll ins Zimmer fluten. Als sie zurückkam, entfernte sie die Schüssel ebenso behend, ließ sie wie durch Zauberhand verschwinden, entnahm einem Glas ein Fieberthermometer und schüttelte es, bevor sie es ihm zwischen die Lippen schob.

»Machen Sie den Mund schön zu. Rühren Sie sich nicht. Madame hat mir aufgetragen, sie zu wecken, sobald Sie ...«

Sie wandte sich zur Türe. Er hielt sie auf, indem er energisch den Kopf schüttelte. Sollte Hermine doch weiterschlafen. Er brauchte sie nicht. Er hatte nicht den geringsten Wunsch, sie zu sehen.

»Sie wird mich schelten.«

Das Thermometer im Mund, zuckte er die Schultern, und dabei mußte er recht komisch aussehen, denn die Schwester wandte sich ab, um zu lächeln.

Nie war das Zimmer derart hell gewesen, derart ordentlich, und erstaunlicherweise hatte der Tisch mit den Fläschchen, statt bedrückend oder ominös zu wirken, etwas Tröstliches, beinahe Fröhliches.

Man zog ihm wie einem Kind das Thermometer aus dem Mund.

»Sie haben kein bißchen Fieber. Im Gegenteil!«

»Wieviel?« erkundigte er sich, nur um etwas zu sagen, denn es war ihm gleichgültig.

»36,7 ...«

Er brachte sie erneut zum Lächeln, indem er mit unerwarteter Überzeugung verkündete:

»Ich habe Hunger.«

»Ich kann Ihnen nichts geben, bevor der Professor kommt. Er muß entscheiden, ob Sie essen dürfen oder nicht.«

»Gut.«

Er hatte dieses »Gut« in gekränktem Ton ausgestoßen und dabei seine eigene Stimme nicht wiedererkannt. Einige Augenblicke noch schaute er zur Dekke, auf einen tanzenden Sonnenkringel. Dann hielt er nach seiner Fliege Ausschau, doch es ermüdete ihn, den Kopf nach allen Seiten zu wenden, und er schloß die Lider, um die Ankunft des Professors zu erwarten.

10

Das Papier war bläulich, die Tinte blau, die Schrift gestreckt, mit bemerkenswert gleichmäßigen Grundstrichen.

Madame

ich halte es für meine Pflicht, Ihnen mitzuteilen, daß Ihr Vater in der Nacht vom 26. zum 27. einen ziemlich schweren Herzanfall erlitten hat. Ich ließ unverzüglich Herrn Professor Picard kommen, der ihn auch weiterhin betreut. Nach Aussagen dieses Spezialisten kann, obschon der Zustand des Patienten zufriedenstellend ist, jederzeit ein Rückfall eintreten.

Mit vorzüglicher Hochachtung:

Hermine Malétras

In einer ersten Fassung, die zerrissen im Papierkorb lag, fand sich noch der Nachsatz:

Von mir aus spricht nichts dagegen, daß Sie ihn besuchen kommen.

Hermine hatte sich nichts vorzuwerfen. Von ihr war das Zerwürfnis nicht ausgegangen. Außerdem hatte sie von Berthe Laniel nichts zu erwarten. Diese war es gewesen, die Hermine, der sie bisher freundschaftlich zugeneigt gewesen war, plötzlich mit Haß begegnete, als die Heirat spruchreif wurde. Und Berthe war es auch, die als erste aufgehört hatte zu grüßen.

Sollte es ihr aber deswegen versagt sein, sich am Krankenbett ihres Vaters einzufinden? Hermine hatte erst gar vorgehabt, ihr diese Rückkehr zu erleichtern: *Von mir aus spricht nichts dagegen, daß Sie ihn besuchen kommen.*

Aber immerhin! An ihrem kleinen Schreibtisch im Boudoir sitzend, hatte sie sich leicht versteift, als sie diese Worte nochmals las. Schließlich war sie eine Dodeville. Sie besaß eigenes Vermögen. Wirkte es sonst nicht, als reiche sie als erste die Hand, fast als ob sie sich entschuldige?

›Nun, so oder so wird sie gewiß schleunigst kommen.‹

Sie schickte den Brief per Eilboten. In der Nacht wäre ein Telegramm angezeigt gewesen, aber jetzt nicht mehr, nachdem die größte Gefahr überstanden schien.

Hermine ging ruhig und umsichtig in dem geräumigen Haus umher, mit wachem Blick für alles, und traf ihre Vorbereitungen für die Besuche, die ihr die Krankheit ihres Mannes eintragen würden.

Berthe Laniel erhielt den Brief gegen Ende des Nachmittags in ihrer Villa in der Umgebung von Caen. Ihr Mann war in der Garage. Sie rief ihn an, bat ihn, unverzüglich nach Hause zu kommen, um sich dann, den Hörer noch in der Hand, anders zu besinnen, denn die unerwartete Nachricht machte sie ganz fahrig, und sie zog es vor, sich Bewegung zu verschaffen.

»Sie warten besser auf mich. Ich komme rüber.«

Die Kinder waren in der Obhut ihrer Gouvernante,

und sie drückte jedem noch einen Kuß auf die Wange, ehe sie sich im Wagen auf den Weg machte.

»Mein Vater wäre letzte Nacht fast gestorben«, eröffnete sie ihrem Mann ohne Umschweife, sobald sie das verglaste Büro betrat, das er sich im Hintergrund der Garage vorbehalten hatte.

Er wagte nicht, ihr einzugestehen, daß er Malétras kurz zuvor durchaus wohlauf angetroffen, ihm sogar etwas Geld geliehen hatte.

»Was ist passiert?«

»Ein Herzanfall. Zumindest behauptet *sie* das. Was sollen wir tun? Wie wäre es, wenn Sie zunächst mal Picard anriefen, der ihn behandelt, um zu erfahren, ob es wirklich schlimm steht?«

»Suchen Sie mir doch bitte die Nummer von Professor Picard, dem Arzt, in Le Havre heraus, Mademoiselle Jenny.«

Sie sahen die Sekretärin in einem zweiten verglasten Büro im Telefonverzeichnis blättern.

»Hallo! Ist Professor Picard zu sprechen? In einer Konsultation? Ja, es ist dringend. In etwa zehn Minuten, sagen Sie? Gut, ich rufe nochmals an.«

Sie warteten, jeder mit eigenen Gedanken beschäftigt, folgten zerstreut dem Kommen und Gehen in der Garage.

»Vielleicht sollten wir zuallererst unsern Anwalt konsultieren«, murmelte Berthe gerade, als ihr Mann wieder zum Telefon griff.

»Hallo! ... Spricht dort Professor Picard? ... Hier ist Étienne Laniel, Monsieur Malétras' Schwiegersohn ... Soeben bekam ich die Nachricht ... Ja ... Meine Frau ist in großer Sorge und möchte wissen ... Wie? ... Ja ... Ja ... Ich verstehe ... Natürlich ... Ja ...«

Berthe griff nach dem zweiten Hörer, doch es war zu spät, das Gespräch zu Ende.

»Ich danke Ihnen, Professor. Entschuldigen Sie die Störung ...«

Und dann, zu seiner Frau: »Offenbar hatte er einen sehr heftigen Anfall und war drei Stunden lang knapp vor dem Sterben. Im Augenblick läßt sich nichts sagen. Es besteht die Gefahr, daß er einen weiteren Anfall nicht überlebt, doch der kann ebensogut in einer Stunde wie in drei Jahren auftreten.«

»Was soll ich tun?«

»Das bestimmen Sie.«

»Es wäre vielleicht besser, wenn Sie als erster zu ihm gehen.«

In der großen Werkhalle hantierten sieben oder acht Mechaniker an den zu reparierenden Autos. Der Tankwart in Uniform stand bei der eisernen Tür. Sie diskutierten eine ganze Weile, höchst gelassen.

»Heute abend würde es nach Überstürzung aussehen.«

»Dann morgen früh.«

»Da sollte ich ohnehin nach Le Havre zu einer Anprobe.«

»Fahren wir beide hin.«

So wurde es beschlossen: sie würden miteinander fahren. Laniel sollte seinen Schwiegervater besuchen, und wenn er daraufhin wieder mit seiner Frau zusammenkam, konnten sie gemeinsam bestimmen, wie Berthe sich verhalten sollte.

Es gab ein paar Sorgen mehr, sonst nichts.

Im ›Cintra‹ verkündete Dr. Verel während der Bridgepartie, als fiele es ihm eben erst wieder ein: »Übrigens, mit dem armen Malétras wäre es letzte Nacht beinahe zu Ende gewesen ...«

Frans Steuwels schaute ihn mit jener Beunruhigung an, die er jedesmal zeigte, wenn ein Mann seines Alters starb oder vom Tod bedroht war. Devismes fuhr mit dem Austeilen fort. Legrand-Beaujon wandte sich nach Malétras' leerem Platz um und stellte fest:

»Also deshalb ist er heute nicht aufgetaucht.«

»Was hat er?«

»Angina pectoris.«

»Kommt er davon?«

»Für kürzere oder längere Zeit. Je nachdem. Jedenfalls hat er einen tüchtigen Schrecken erlebt. Drei Stunden lang haben Picard und ich bei ihm ausgeharrt, immer darauf gefaßt, daß er uns unter den Händen wegstirbt.«

Die drei Stunden fingen schon an, Gesprächsstoff zu werden. Bald würde es heißen: ›Ein Freund von mir, Malétras, der von den Docks, schwebte gestern drei Stunden lang zwischen Leben und Tod ...‹

Devismes schlug vor:

»Sollte nicht vielleicht einer von uns ihn besuchen?«

Und durch Devismes, mit dem er geschäftlich zu tun hatte, erfuhr Gancel von Malétras' Erkrankung. Er überlegte, ob er zu Hause etwas davon verlauten lassen sollte, denn er vermied nach Möglichkeit jede Andeutung von etwas, das die Stimmung seiner Frau trüben mochte.

»Es ist seltsam«, murmelte er trotzdem nach dem Abendessen. »Ich wunderte mich, warum Malétras uns besuchen kam. Nun, heute erfuhr ich, daß er in der gleichen Nacht einen schweren Herzanfall erlitt. Jetzt frage ich mich, ob er eine Vorahnung hatte.«

»Aus welchem Grund sollte er, wenn er sich unwohl fühlte, zu uns gekommen sein?« warf seine Frau ein.

Und Alice, ihre Tochter, bemerkte boshaft: »Vielleicht konnte er sonst niemand finden, der ihn bedauert hätte!«

»Ich werde ihn morgen besuchen. So wie ich ihn kenne, muß es für ihn schrecklicher gewesen sein als für einen anderen.«

Malétras befand sich im Bett, und seine Welt beschränkte sich auf die vier hellen Wände seines Zimmers, zwischen denen die Krankenpflegerin geräuschlos umherging. Er klagte nicht, lag die meiste Zeit still da, irgendeinen Punkt im Raum fixierend, die Pendule beispielsweise, oder einen Reflex auf einem Fläschchen oder die Bettdecke aus rosa Satin. Oder er hielt die Augen geschlossen, ohne zu schlafen.

»Brauchen Sie nichts?«

»Danke.«

Er ging sehr höflich mit der Pflegerin um, die Madame Harmon hieß, zeigte sich von unerwarteter Fügsamkeit. Nur auf einem hatte er bestanden, woran ihm besonders lag: dem Besuch des Friseurs, der ihn mittags rasiert hatte. Er hatte um einen Spiegel gebeten, sich lange darin betrachtet. Dann, als Madame Harmon den Spiegel wieder nehmen und wegräumen wollte, hatte er eine Spur nervös gesagt: »Lassen Sie ihn da!«

Sehr genau, jedoch ohne die pedantische Wichtigtuerei gewisser Patienten, hielt er sich an die Verordnungen von Professor Picard.

Dieser war bei seiner Morgenvisite etwas überrascht gewesen. Er hatte sich auf die üblichen angstvollen Fragen gefaßt gemacht. Doch Malétras ließ sich wortlos untersuchen. Man hätte beinahe meinen können, daß es nicht um ihn selber ging. Wenn sein Blick auf dem Gesicht des Professors ruhte, war es nicht, um in dessen Miene zu forschen. Es war ein teilnahmsloser Blick. Vielleicht sah er auch durch ihn hindurch.

»Noch ein paar Tage völliger Ruhe, und Sie sind wieder hergestellt. Ich rate Ihnen bloß, auch dann noch Anstrengungen und Aufregungen zu meiden. Wenn Sie sich daran halten, können Sie noch zwanzig Jahre leben.«

Seine Augen verrieten keinerlei Freude. Glaubte er es? Glaubte er es nicht? War es ihm fortan egal zu sterben?

Hermine geleitete den Arzt hinunter und bat ihn in ihr Boudoir. »Wie steht es Ihrer Meinung nach, Professor?«

»Ich meine, daß es so gut steht, wie man erwarten darf.«

»Es ist nicht sein Herz, wovon ich rede.«

Er wartete, wie jemand, der nicht begriffen hat.

»Nach mehr als sechs Ehejahren sollte ich ihn kennen, nicht wahr? Nun, Professor, er ängstigt mich. Ich frage mich, ob bei ihm nicht irgendwas durcheinandergeraten ist.«

»Was an ihm wirkt anomal auf Sie?«

»Er ist nicht mehr derselbe. Ich weiß nicht, wie ich es ausdrücken soll. Wenn er mich anschaut, verliere ich völlig die Fassung, so unangenehm ist mir sein Blick.«

»Das könnte durch die Spritze verursacht sein, die er bekam.«

»Ich glaube nicht. Außerdem stelle ich es nicht erst jetzt fest. Schon seit einer Weile stelle ich an ihm gleichsam eine Unbeteiligtheit fest, die so gar nicht zu ihm paßt.«

»Wenn ich Sie richtig verstehe, nehmen Sie an, daß ihn neuerdings etwas sehr stark beschäftigt?«

»Ja, Professor... Nein... es ist noch immer nicht ganz das, was ich meine...«

Sie hatte Sinn für Nuancen. Um auszudrücken, was ihrem Gedankengang zugrunde lag, fand sie nur allzu präzise Worte, die ihr Schamgefühl sie auszusprechen hinderte.

»Heute früh habe ich mich gefragt, ob er mich erkennt.«

Er betrachtete sie auf eine Weise, die sie erröten ließ.

»Ich verstehe. Aber das liegt außerhalb meines Gebiets. Und da Sie mit Dr. Verel befreundet sind, sollten Sie sich an ihn wenden.«

»Entschuldigen Sie, Professor.«

Der Gedanke ließ ihr keine Ruhe. Zehnmal am Tag stieg sie ins Schlafzimmer hinauf. Selbstverständlich erkannte Malétras sie an ihrem Gang, ihrer behutsamen Art, die Türe zu öffnen, ohne Durchzug zu verursachen. Indessen zeigte er in keiner Weise, daß er sie in seiner Nähe wußte. Er hielt die Lider geschlossen oder fuhr fort, einen Punkt im Raum zu fixieren.

Sie näherte sich auf Zehenspitzen, beugte sich über ihn, murmelte:

»Fühlen Sie sich wohl?«

Dann, wie unwillig, wie ein Mensch, der gestört wird, wandte er ihr den Blick zu. Hätte er sie mit Groll oder gar Haß angeschaut, so wäre sie weniger außer Fassung geraten.

Es war ganz anders, unendlich beunruhigender. Daß er sie nicht erkannte, konnte nicht sein. Er hatte weder Fieber noch Wahnzustände. Wenn er redete, klang es vernünftig.

Doch er sah sie an, als wäre sie nicht seine Frau, sondern ein unwesentliches Etwas, eine Sache. Nein, das war es auch nicht! Denn sein Blick war sehr wach. Nur sah er keine Äußerlichkeiten, die frischen Wangen, über die sich unter dem Puder schon ein paar rote Äderchen zogen, die hübschen pastellblauen Augen, die vollen Lippen. Er blickte ins Innere, das spürte sie.

Mehr noch, sie war überzeugt, daß er ihre Besorgnis erraten hatte und es ruhig ihr überließ, sich mit ihren Vermutungen herumzuschlagen.

Er war nicht übergeschnappt, und doch war er nicht er selbst, nicht mehr Malétras.

Er war ohne Haß wie ohne Zuneigung, ohne Verachtung und ohne Ironie.

Er sah sie nackt, so wie sie war, wie sie sich selbst nie gesehen hatte, und es war ihm gleichgültig, ob sie so war oder anders.

Am selben Abend noch bekam sie den Beweis, daß sie sich nicht irrte. Gegen sieben Uhr ließen Verel und Devismes sich anmelden. Sie kamen gewissermaßen als offizielle Abordnung der Gruppe vom ›Cintra‹. An sich hätte Steuwels kommen sollen, denn er unterhielt engere Beziehungen zu Malétras, doch er hatte sich geweigert, weil auch er an Herzschwäche litt und fürchtete, die Atmosphäre eines Krankenzimmers könnte ihn nachteilig beeindrucken.

»Gehen Sie hinauf, Doktor. Sie auch, Monsieur Devismes. Ich denke, mein Mann wird sich freuen, Sie zu sehen.«

Sie ging ihnen voraus, betrat das Zimmer als erste, um die Besucher anzukündigen und sich zu vergewissern, daß alles in Ordnung war. Malétras verzog keine Miene, schaute sie nicht anders an, als er seine Frau anschaute. Nach den ersten Höflichkeitsfloskeln fand Devismes nichts mehr zu sagen. Bei Verel machte sich mehr denn je sein nervöser Tick bemerkbar.

»Also! Wir hoffen, daß Sie nächste Woche Ihren Platz im ›Cintra‹ wieder einnehmen. Nicht wahr, Verel?«

»Es gibt keinerlei Grund, weshalb er das nicht tun sollte.«

Er horchte. Er hörte. Sein Gesicht blieb unbewegt. Zweifellos ahnte er die Diskussionen, die es zwischen den Bridgespielern gegeben hatte, um zu entscheiden, wer von ihnen die lästige Pflicht des Krankenbesuchs auf sich nehmen sollte.

Es wäre weniger befremdend gewesen, hätte er sie übellaunig oder bitter empfangen. Statt dessen schien er mit seinen Gedanken ganz woanders zu sein.

»Ich nehme an, daß Sie meiner Tochter geschrieben haben«, sagte er zu Hermine.

Er wußte es. Es war keine Frage. Er stellte fest. Und er nahm es ihr nicht übel. Er akzeptierte die Geschehnisse und Besuche, die an ihn gerichteten Worte, das Lächeln, die Ermunterungen und Versprechungen als zu einem Prozeß gehörend, der getrennt von ihm ablief und ihn nicht berührte.

»Nun, mein Lieber, ruhen Sie sich aus. Sorgen Sie dafür, daß Sie bald wieder auf dem Damm sind, um Ihren Porto mit uns zu trinken.«

Sie flohen, hatten es eilig, wieder in die beruhigende Welt hinauszukommen, an die sie gewöhnt waren.

»Treten Sie einen Augenblick bei mir ein, Doktor. Gestatten Sie, Monsieur Devismes? Nein, Sie stören nicht. Sagen Sie, Monsieur Verel, was ist Ihre Meinung?«

»Worüber?«

»Über Malétras. Sie wissen genau, was ich meine. Sie kennen ihn vielleicht sogar besser als ich.«

Verel wich auf Gemeinplätze aus:

»Ich frage mich, ob es nicht die Nachwirkungen sind. Man darf nicht vergessen, daß er einen beträchtlichen Schock erlitten hat.«

»Glauben Sie wirklich?«

Sie wußte im voraus, daß er den Blick abwenden würde. Er versuchte es anders:

»Malétras war immer ein sonderbarer Mensch, er vertraut sich niemandem an.«

»Sie wollen mir doch nicht weismachen, daß Sie an ihm keine Veränderung bemerkt haben. Wenn er mich anschaut, wird mir zuweilen angst und bang. Hören Sie, Doktor! Sie sind mit ihm befreundet. Er wird es nicht seltsam finden, wenn Sie ihn öfters besuchen. Ich möchte, daß Sie ihn unter Beobachtung halten, aus dieser Sicht. Ich sprach vorhin darüber mit Professor Picard.«

»Was meinte er?«

»Daß das Ihr Gebiet sei, eher als seines.«

Verel gab nach.

»Gut, ich werde ihn besuchen. Aber Sie sollten sich weiter keine Gedanken machen. Ich bin überzeugt, daß er in ein paar Tagen wieder wohlauf sein wird. Bedenken Sie, daß dieser Mann sein Leben lang nie das Bett hüten mußte...«

»Ich weiß.«

Hermine war nicht überzeugt. Sie war es so wenig, daß sie bei Tisch, allein in dem großen Speisezimmer, noch immer darüber nachgrübelte.

»Sagen Sie, Rose...«

»Ja, Madame.«

»Hernach, sobald Sie das Dessert aufgetragen haben, möchte ich, daß Sie zu Monsieur hinaufgehen, um zu fragen, ob er nichts braucht. Richten Sie es ein, daß Sie ein Weilchen im Zimmer bleiben können. Hat die Schwester ihr Abendessen schon bekommen?«

»Ja, Madame. Sie ißt um sechs.«

»Dann haben Sie die Ausrede, das Geschirr abzuräumen.«

»Sie wollte nicht im Zimmer essen, sondern hat sich einen Klapptisch in Madames Badezimmer aufstellen lassen.«

»Unwichtig. Sie verstehen mich nicht. Ich möchte einfach, daß Sie sich ein bißchen droben aufhalten und

Monsieur beobachten. Unauffällig natürlich! Dann kommen Sie und berichten mir.«

»Ja, Madame.«

Einige Minuten später kam Rose wieder herunter und blieb in der Tür des Speisezimmers stehen.

»Also, Rose? Was hat Monsieur Ihnen gesagt?«

»Er hat nichts gesagt, Madame.«

»Was machte er?«

»Er betrachtete sich im Spiegel und fuhr sich mit der Hand über das Gesicht.«

»Sie sind nicht gleich wieder hinausgegangen?«

»Ich bin eine ganze Weile am Fuß des Bettes stehengeblieben.«

»Ließ ihn das ungeduldig werden?«

»Nein, Madame. Er schien mich gar nicht wahrzunehmen.«

»Er hat Sie nicht angesehen?«

»Doch, Madame.«

»Fanden Sie nicht... Nun... Hatten Sie nicht den Eindruck, daß Monsieur... daß er anders ist als gewöhnlich?«

»Oh, doch, Madame! Schon heute früh. Ich sagte es Eugénie. Ich sagte ihr, daß man ein Tablett vor ihm fallen lassen könnte, ohne daß er einen Mucks macht. Es ist nicht wie...«

»Besten Dank, Rose.«

Um neun Uhr klingelte es. Philippe, Malétras' Neffe, der von nichts wußte, kam, um zweihundert Francs von den fünfhundert zurückzubringen, die er sich ausgeliehen hatte.

»Ist mein Onkel zu sprechen, Tante?«

»Er ist im Schlafzimmer. Dein Onkel war sehr krank. Er wäre beinahe gestorben. Jetzt geht's ihm besser. In welcher Angelegenheit willst du ihn sprechen?«

»Einer persönlichen, Tante.«

»Ich werde ihn fragen, ob du hinaufkommen kannst.«

Malétras schlief nicht. Hermine wohnte aus Diskretion der Unterhaltung nicht bei, hatte aber den Eindruck, daß der Blick, den ihr Mann auf dem langhaarigen jungen Mann ruhen ließ, eindringlicher, tiefsinniger war als jener, den er anderen gönnte.

»Komm rein, Söhnchen.«

Der Ausdruck fiel ihr auf; dann ging sie hinaus.

»Entschuldigen Sie, daß ich störe, Onkel. Ich wußte nicht... Ich wollte wie versprochen...«

Er runzelte die Stirn, wie überlegend, und dann äußerte er eine Frage: »Ist dein Freund Jean Gancel dort oben geblieben?«

»Er ist zurückgekommen.«

»Hat er seine Freundin wieder gesehen?«

»Ja. Alles hat sich eingerenkt. Monsieur Gancel hat erlaubt, daß Sie sich zweimal wöchentlich sehen, in seiner Gegenwart, bis sie...«

Der junge Mann hielt inne, weil ihm schien, als höre sein Onkel nicht zu. Besonders genierte ihn, daß er merkte, wie ein scharfer Blick über sein Gesicht glitt, dessen geringste Einzelheiten erkundend, ein vor lauter Intensität derart fühlbarer Blick, daß Philippe sich mit der Hand über die Wangen wischte, wie um einen Spinnfaden zu beseitigen.

»Sprich weiter.«

»Ich habe Ihnen zweihundert Francs gebracht statt hundert, denn Jean bezahlte meine Rückreise.«

Er legte zwei Geldscheine auf den Nachttisch.

»Nächsten Monat komme ich wieder. Ich danke Ihnen, Onkel. Ich glaube, dank Ihnen hat Jean sich nicht... sich nicht...«

»Und deine Mutter?«

»Ihr geht es gut.«

»Deinem Vater?«

»Meinem Vater auch.«

»Hast du ihnen gesagt, daß du mich aufsuchst?«

»Nein. Sie wissen nichts.«

»Du kannst ihnen sagen, daß ich schwerkrank war.«

»Ja, Onkel. Meine Mutter wird bestimmt kommen.«

»Wenn sie mag.«

»Gute Nacht, Onkel.«

»Gute Nacht, Philippe.«

Malétras hatte sich bei Philippe nach dessen Vater und Mutter erkundigt, unerhört. Warum? Warum vor allem tat er es mit so gleichgültiger Stimme?

Vor einem Jahr hatte Philippe einen Roman gelesen, in dem der Held als *unerschütterlich* dargestellt war. Der Ausdruck hatte ihm gefallen. Auch er wollte unerschütterlich sein. Tagelang hatte er sich beobachtet und angestrengt, um seine Züge zu einem stets neutralen Ausdruck zu zwingen.

Es war ihm nicht gelungen. Niemand ist jemals neutral. Selbst wenn man bloß jemand grüßt, von einem Gehsteig zum anderen, lächelt man, zeigt irgendwelche Gefühle, Freude, Ehrerbietung, Überraschung.

Malétras hatte sich bei ihm nach Jean Gancel, nach seinem Vater und seiner Mutter erkundigt, doch in keiner Sekunde war ihm irgendein Gefühl anzumerken gewesen.

»Hast du mit deinem Onkel gesprochen? Wie findest du ihn?«

»Recht wohl, Tante.«

»Hat er dir etwas Besonderes gesagt?«

»Nein, Tante.«

»Gute Nacht, Philippe.«

Und Malétras lag weiter allein in seinem Bett, den Spiegel in Reichweite auf der Satindecke.

Laniel begab sich als erster in die Rue de la Commanderie, während Berthe in der Zwischenzeit ihre Schneiderin aufsuchte. Man ließ ihn etwas warten, weil der Friseur im Zimmer war. Hermine hatte es für diskreter gehalten, in ihrem Boudoir zu bleiben und sich erst zu zeigen, wenn ihre Anwesenheit gewünscht wurde.

»Guten Tag, Vater. Berthe und ich haben erfahren ...«

Man hätte meinen können, Malétras habe den Brief seiner Frau gelesen, sei bei der Unterhaltung im verglasten Büro der Garage dabeigewesen, habe dem Telefongespräch mit Professor Picard zugehört. Er war weder erstaunt noch verstimmt, weder ungeduldig noch hämisch.

»Setz dich.«

»Danke. Berthe wartet auf mich. Die Nachricht von Ihrer Erkrankung hat sie tief getroffen, und sie möchte, wenn Sie einverstanden sind und auch ... auch Hermine nichts dagegen hat, Ihnen das gern selber sagen ...«

»Sie kann kommen.«

Sie konnten allesamt kommen, so viele es sein mochten, auch die Verwandten seiner ersten Frau, die armen Schwägerinnen, die mickrigen Schwäger, sogar ihren Nachwuchs konnten sie herausputzen und ihm beibringen, dem Onkel Malétras beim Besuch gute Besserung zu wünschen.

All das war ganz unwichtig. Wenn jemand eintrat, wenn jemand endlich ging, wandte Malétras sich nach der Krankenpflegerin um und warf ihr einen eigenartigen, wie komplizenhaften Blick zu.

Erst schien er zu sagen: ›Na, gut. Wir werden gestört. Noch einer, der den alten Malétras auf dem Krankenbett besichtigen kommt.‹

Dann, nach dem Weggang: ›So. Nun haben wir wieder unsere Ruhe.‹

Und er nahm erneut den Faden seines Traums auf, der keiner war, kehrte zurück in seine Welt, seine höchst eigene Welt, die einzig wirkliche.

Alles übrige war nichtig. Jahr um Jahr hatte er mit diesen Leuten da gelebt, mit Verwandten, mit Freunden, hatte tüchtig Geschäfte gemacht, Tausende und Abertausende von Papieren unterzeichnet, Millionen waren durch seine Hände gegangen, bis in alle Nacht hatte er geschuftet, sich mit Sorgen herumgeschlagen, sich aufgeregt und gefreut.

Und jetzt, mit mehr als sechzig Jahren, merkte er, daß das alles ohne Bestand war. Er hatte es am Vorabend deutlich erfahren, während die drei anderen darauf warteten, daß sich zeigte, ob er sterben würde oder nicht. Ganz allein mit sich selbst, verbissen, verzweifelt, hatte er nach etwas gesucht, woran er sich festhalten konnte, und sei es nur eine Erinnerung, und er hatte nichts gefunden, bloß per Saldo die Fliege auf seinem Gesicht und ein paar Eindrücke aus der Kindheit.

»Ich glaube, es ist Zeit für meine Tropfen, Madame Harmon.«

Er redete sehr sanft mit ihr. Selten hatte sie einen so höflichen, so sanftmütigen Patienten gehabt. Allein mit ihm im Zimmer fühlte auch sie sich indessen unbehaglich.

»Ich hole jetzt Berthe und bin gleich wieder da.«

»Hat sie die Kinder mitgebracht?«

»Sie fürchtete, Sie zu ermüden. Ein andermal, wenn Sie gestatten.«

Er sah seine Tochter eintreten, betrachtete sie aufmerksam und wunderte sich, daß diese schon etwas dickliche Person sein Kind war. Sie kleidete sich gewählt elegant. Man spürte, daß sie allem, was die gesellschaftliche Stellung betonte, größte Bedeutung beimaß, so daß zum Beispiel ihr Kleid von demselben Modeschöpfer stammte, sie dieselben Ohrringe trug wie Madame Soundso.

Sie glaubte, Tränen wegtupfen zu müssen, die nicht vorhanden waren.

»Wenn du wüßtest, Vater, wie bekümmert ich war, als ich ...«

Was noch? Sie zog ihre kleine Nummer ab, wie die anderen auch, wonach Malétras den Blick zur Tür wandte, wie um zu sagen: ›Der nächste!‹

Es gab übrigens solch einen nächsten, der seit einer Viertelstunde in Hermines Salon wartete. Es war Gancel, der keine großen Worte machte und sich damit begnügte, lang die Hand seines Freundes zu drücken, um sich dann ans Kopfende des Bettes zu setzen, den Hut auf den Knien.

Nie hatte er so abgezehrt, so verfallen gewirkt. Man roch ihm buchstäblich den Tod an. Dennoch lag in seinem Blick weder Kleinmut noch Resignation. Er kämpfte. Er wollte sich tapfer zeigen, bis zum Schluß.

Sie schauten einander an, und sie waren beide gleich alt, ihre Lebensbahnen waren ungefähr parallel verlaufen, sie hatten die gleichen Anstrengungen vollbracht, und sie kamen fast am selben Punkt an.

Malétras suchte unwillkürlich mit den Augen Madame Harmon, die sich diskret in der Nähe des Fensters hielt. Selbst wenn sie nicht dagewesen wäre, hätte er das nicht tun können, wonach ihn sekundenlang gelüstete.

Es war immerhin verlockend. Seine Hand umfaßte den elfenbeinernen Griff des Spiegels, eines Spiegels, der Hermine gehörte und aus ihrem Reisenecessaire stammte.

Er hatte Lust, sich wieder zu betrachten, seinen eigenen Verfall mit jenem Gancels zu vergleichen, auf beider Gesicht die Spuren zu ergründen, die das Leben darauf hinterlassen hatte.

Was hätten sie sich sagen können?

›Nun, Gancel?

Also! Was meinst du? Was meinst du zu alledem, zu dem, was wir getan, erreicht haben, zu unserer derzeitigen Situation? Na? Was meinst du dazu?

Deine Frau ist krank. Deine Tochter ist häßlich und bösartig. Dein Sohn ist dabei, ein Flittchen zu heiraten. Und dich erwartet irgendwann in nächster Zeit ein Begräbnis erster Klasse.

Kommt es da nicht vor, daß du dich empörst? Kommt es da nicht vor, daß du ...

Hör zu, Gancel! Mit mir, Malétras, ist etwas Unerhörtes passiert. Unerhört für Leute, die nicht denken, die mechanisch dahinleben. Stell dir vor, daß ich anfing, jeden Abend zu einem Mädchen zu rennen, das nicht einmal hübsch war, ein billiges Flittchen, kränklich, unintelligent, und daß sie für mein Leben so unentbehrlich war, solchermaßen mein eigentliches Leben, daß ich sie tötete.

Ja, ich, Malétras! So außerordentlich, wie man meinen sollte, ist es nicht. Das beweist die Tatsache, daß ich mich nachher weiterhin in ihrem Viertel herumtrieb und schließlich bei einer alten Puffmutter... Wie, was sagst du?... Ja, einer alten Puffmutter... Warum?... Ha, ha! Ja... warum?... Na, kannst du mir sagen, warum?... Warum hast du dein Leben lang geschuftet, und warum meinst du, daß deine Tochter, die häßlich und dumm ist, das schwöre ich dir, es wert ist, daß man sich für sie aufopfert?

Ich bin jeden Abend zu dieser Alten gelaufen, weil das mein Leben geworden war, und eines schönen Abends... Du hast nichts begriffen, als ich bei dir klingelte und es euch allen drei meinetwegen so peinlich war...

Nein?... Du verstehst mich nicht?

Dann verrat mir doch dein Geheimnis, denn du hast

bestimmt eines. Dafür geb ich dir dann meinerseits einen Tip ... Weißt du noch, wie wir Murmeln tauschten? ... Nun, jetzt werden wir Tips tauschen, Tips zum Leben ... Deiner gegen meinen ... Meiner geht leicht ... Ist dir schön warm zwischen den Laken? Schwitzt deine Haut ein wenig? ... Nicht zu stark ... Gerade genug, damit du ein bißchen dösig wirst ...

Du schließt die Augen oder auch nicht ... Je nachdem. Beides hat sein Gutes. Du hörst einer herumsummenden Fliege zu oder fixierst durch die Wimpern hindurch irgendeinen Punkt.

Und dann, besonders wenn du als Kind einmal krank warst, dann ...‹

Von alledem sagte er nichts. Und doch hätte er viel darum gegeben, Gancels Geheimnis zu erfahren. Er mußte eins haben. Anders war es unmöglich. Gancel brauchte bloß in einen Spiegel zu schauen, was unumgänglich war, und dann mußte ihm ja klarwerden, daß ...

Plötzlich hätte er sich über die Gelassenheit seines Freunds schwarz ärgern können, wie auch über sein eigenes Unvermögen, hinter dessen Geheimnis zu kommen, und Madame Harmon, die ihn so gütig und so sanft wähnte, fuhr zusammen, als sie ihn mit schriller Stimme sagen hörte:

»So bist du also gekommen, um zu sehen, ob ich es bin, der als erster verreckt?«

11

Es war zehn Uhr morgens, als er hinunterging, um seinen ersten Ausgang zu absolvieren. Es war ein Ereignis für alle im Haus, außer für ihn selbst. Rose, die in einem anderen Zimmer beschäftigt war, hatte die Türe einen Spaltbreit offen gelassen, um ihn vorbeigehen zu sehen, wonach sie sich über das Geländer lehnte und zweifellos gleich ans Fenster eilen würde. Hermine kam freudig erregt hinter ihm die Treppe herunter.

»Da sehen Sie's, Jules, Sie sind so rüstig wie eh und je. Schon seit mindestens acht Tagen hätten Sie einen kleinen Spaziergang wagen können.«

Das traf zu, doch wieso hielten sie sich darüber auf, sie, Picard, Verel, seine Tochter, die auch immer wieder nachhakte. Während er es sich in seinem Bett wohl sein ließ, zettelten sie nämlich um ihn eine Art Verschwörung an, deren Getuschel er manchmal hinter den Türen aufschnappte.

»Finden Sie nicht, Doktor, daß er sich aufrappeln sollte?« Mit süßlicher, dann unmerklich perfiderer Stimme fragte man ihn, ob er sich wirklich so schwach fühle, nicht versuchen wolle, ein paar Schritte zu tun, sei es nur, um sich im Garten an die Sonne zu setzen. Alle, die im Haus lebten oder es betraten, waren im Grunde hartnäckig darauf aus, ihm seine letzte Bastion zu nehmen, sein Zimmer, sein Bett.

Malétras widerstand mit all seinem Beharrungsvermögen. Vergeblich versuchte man, seine Krankenpflegerin einzuspannen:

»Nicht wahr, Madame Harmon, er ist so kräftig wie nur irgendwer, und es schwächt ihn doch jetzt eher, wenn er liegenbleibt?«

Die Pflegerin wagte nicht, sich gegen ihn zu stellen. Ebensowenig traute sie sich indessen, für ihn zu sein, damit es nicht aussah, als fürchte sie um ihre Stellung.

Sogar eine Schwester von Malétras' erster Frau, Félicie, Philippes Mutter, hatte mitgeholfen: »Mein Gott, Jules, ich frage mich, ob du dich nicht gehen läßt. Du siehst nicht aus wie ein Mann, der ins Bett gehört.«

Sie hatte ihm von seinen Schwestern, seinen Brüdern und Schwägern berichtet: »Alle machen sich Sorgen um dich und deine Gesundheit. Sie würden dich gern besuchen, fürchten aber, dich zu stören.«

Es war eine Verschwörung. Hermine nahm vermutlich Besucher unten an der Treppe beiseite: »Versuchen Sie doch, ihn aufzumuntern. Was ihn innerlich aushöhlt, ist seine Apathie. Er kümmert sich um nichts, hat keine Wünsche. Er könnte seit einer Woche auf den Beinen sein, bleibt aber träge im Bett.«

Verel erzählte ihm vom ›Cintra‹, wo er, wie er meinte, den Bridgespielern schrecklich fehlte. Man wußte nicht, was man noch alles erfinden, wen man noch zur Unterstützung beiziehen sollte. Und das, weil es ihnen unheimlich vorkam, einen Mann ruhig im Bett liegen zu sehen, der sich selbst genug war, seine Umgebung mit kalten Blicken bedachte, so wie ein Goldfisch die Leute rund um sein Glas betrachtet.

Wenn er darauf bestanden hätte, aufzustehen, auszugehen, wäre es zweifellos zu einer Verschwörung mit umgekehrter Tendenz gekommen, man hätte ihm eingeredet, daß er noch zu schwach sei, schonungsbedürftig, und daß es ihm um seiner Gesundheit willen nichts ausmachen sollte, noch ein paar Tage länger in seinem Zimmer zu bleiben.

Er hätte all das mit einem Wort, einer Geste beiseite wischen können, doch es war ihm die Mühe nicht wert. Er hörte sie wortlos an. Unzählige Leute hatten ihm einen Besuch abgestattet, denn im *Phare du Havre*, dem Stadtanzeiger, war eine Meldung von seiner Erkrankung erschienen, begleitet von guten Wünschen zu rascher Genesung. Die Poineaus waren gekommen und andere, Leute von der Bank, seine Nachfolger bei den Docks, ehemalige Angestellte.

Eines Tages, als Rose und Hermine sich gleichzeitig in seinem Zimmer aufhielten, hatte Rose, die am Fenster stand, etwas unten auf der Straße bemerkt und gleich mit einer diskreten Geste ihre Herrin herangeholt. Hermine sah ihrerseits hinunter, zögerte. Man merkte, daß es sich um eine mysteriöse Beobachtung handelte, über die sie sich schon mehrmals unterhalten hatten.

»Sie sollten mal einen Blick auf diesen Mann werfen, Jules.«

Weil gerade gelüftet wurde, lag er nicht im Bett, sondern saß in einem Lehnsessel.

»Mehrere Tage macht Rose mich nun schon auf ihn aufmerksam. Er scheint sich ständig vor unserem Haus herumzutreiben. Entdeckt man ihn nicht irgendwo auf dem Gehweg, hockt er bestimmt drüben in der auvergnatischen Kneipe, läßt aber nie unsere Fenster aus den Augen.«

Malétras hatte hinabgeschaut, mehr damit man ihn in Frieden ließ als aus Neugierde, denn es war ihm bereits klar, daß es sich um Joseph handelte. Er war es tatsächlich. Wieder einmal hatte er einen Verband um den Nacken. Er wirkte nervös, entmutigt.

»Kennen Sie ihn nicht? Wissen Sie nicht, was er von uns will?«

Malétras hatte die Achseln gezuckt. Er war soweit, daß er nachgab, ihnen allen, nicht wegen Joseph, der ihm zweifellos da unten auflauerte, sondern weil die ewigen kleinen Manöver ihn allmählich ermüdeten.

Gut, er war nicht mehr krank. Doch es bestand kein Grund, bloß weil er sich endlich angezogen hatte wie jedermann, ihm mit beifälligem Gerede in den Ohren zu liegen:

»Finden Sie nicht, Rose, daß Monsieur frisch aussieht?«

»Ja, Madame.«

»Er hat kaum abgenommen. Nur seine Weste sitzt ein bißchen weniger stramm. Ein paar Spaziergänge an der Sonne, und schon … Warten Sie rasch, Jules, ich muß noch meinen Hut aufsetzen …«

Nein! Das nicht! Er war bereit spazierenzugehen, da man ihn wie ein Kind oder wie einen Hund hinausschickte, doch er wollte nicht spazierengeführt werden.

»Ich gehe lieber allein.«

»Aber wenn …«

»Ich sage, ich gehe allein.«

Einfach so, ohne die Stimme zu heben, sanft, aber mit einem Blick aus seinen neuen Augen, wie Hermine es ausdrückte.

Sie begleitete ihn die Treppe hinunter. Er ging zum Vestibül, kehrte um, betrat sein Büro, während seine Frau ihn von der Schwelle aus beobachtete. Er hätte die Türe schließen, dahinter tun können, was ihm paßte. Doch gerade weil die Leute um ihn ganz ohne Bedeutung waren, machte er sich nicht mehr die Mühe, ihnen entgegenzuwirken oder sich zu verbergen. Und so nahm er vor ihren Augen, zu ihrem großen Erstaunen, ihrer Beunruhigung, sein Scheckheft aus einer Schublade und schob es in die Tasche.

»Sie bleiben doch nicht zu lange weg, nicht wahr? Der erste Gang an der frischen Luft sollte kurz sein. Sie sind nicht mehr krank, aber vom Krankenlager doch geschwächt.«

Sie würde ihm folgen, dessen war er überzeugt. Oder, wenn sie es nicht wagte, würde sie ihm Rose auf die Fersen hetzen. Er wandte sich nicht um. Er ging seiner Wege, wie früher. Er griff nach seinem Zigarrenetui in der Tasche, doch da war kein Etui mehr, denn Professor Picard hatte ihm jeden Tabakgenuß streng verboten, ihm mit einem neuerlichen Herzanfall gedroht, falls er trotzdem rauchen sollte.

Es schien ihm, als hätte sich sein Gang verändert. Er schritt nicht mehr wie ein Mensch aus, der in eine bestimmte Richtung geht, sondern wie einer, der irgendwohin spaziert, ziellos, und das war außerordentlich, denn es war ihm bisher nie passiert, auch nicht, wenn er nichts zu tun hatte.

Er nahm die Häuser wahr, die geöffneten Fenster, die Laken und Decken, die man an der Sonne ausschüttelte, einen Hausdiener in gestreifter Weste, der den Messingklopfer einer Haustüre blankrieb.

Ein laues Lüftchen umwehte ihn wie eine leise Liebkosung, und er spürte in der Ferne ein intensiveres Leben, erahnte das Meer hinter den Häusern, das mächtige Atmen seiner friedlichen, sonnenfunkelnden Oberfläche. Entzückt vernahm er das Geratter einer Straßenbahn, die noch nicht sichtbar war, aber die belebten Straßen des Stadtzentrums ankündigte, dem er sich näherte, und gleichzeitig sah er Joseph weiter vorn auf dem gegenüberliegenden Gehweg entlanggehen.

Joseph verbarg sich nicht, zeigte sich aber auch nicht aufdringlich. Malétras bog nach links ab, und Joseph beeilte sich, es ihm gleichzutun. Malétras überholte ihn, und Joseph beschleunigte seine Schritte. An einer Straßenecke hielt Malétras inne, und der andere blieb gleichfalls stehen, verwirrt, ihm einen beunruhigten Blick zuwerfend. Er war bleich, mit dunkel umschatteten Augen. Er war es, der wirkte, als sei er krank gewesen, und sein Gang verriet seine Nervosität.

Es brachte ihn ganz aus der Fassung, als Malétras einfach die Straße überquerte, auf ihn zuging und sagte:

»Nun?«

Er reagierte wie einer, der sich ertappt sieht. Was mochte er befürchten? Warum schien er sich hilfesuchend umzuschauen?

Verzeihung! Um Sie nicht in Verlegenheit zu bringen, wollte ich Sie nicht auf der Straße ansprechen. Ich meinte ...«

Was mochte er meinen? Er meinte, daß Malétras, sein Manöver richtig deutend, ihn diskret zu einem unauffälligen Ort dirigieren würde, um ihn anzureden, an die Quais beispielsweise, wo sie sich schon einmal getroffen hatten.

»Hast du befürchtet, daß ich verrecke?«

Das waren grobe Worte, doch sie wurden ohne Ironie, ohne Bosheit ausgesprochen. Es war auch eher eine im übrigen ungerührte Feststellung als eine Frage. Und zugleich entdeckte Malétras, wie erwartet, in einiger Entfernung die Gestalt von Rose, die sich einen lächerlichen roten Hut aufgesetzt hatte.

»Es verhält sich nicht so, wie Sie glauben, Monsieur Malétras. Aber ich muß Sie sprechen.«

»Laufen wir.«

»Mitten durch die Stadt?«

Sie waren in der Rue de Paris angelangt, wo man die gravitätische Fassade der Bank erblickte, deren Aufsichtsrat Malétras angehörte.

»Sprich.«

Joseph war dazu, so auf Anhieb, nicht fähig. Man hätte meinen können, daß er sich schämte, auf offener Straße neben einem Mann wie Malétras dahinzugehen, den eben mehrere Leute gegrüßt hatten. Natürlich machte er keine gute Figur. Zwar sah er weder wie ein Landstreicher aus noch wie ein Ganove. Er war durchaus anständig gekleidet. Aber er hatte etwas Verängstigtes, Verstörtes an sich, etwas Angeschlagenes, das ihm bewußt sein mußte, denn er bemühte sich, Blicken auszuweichen.

»Du mußt arg Angst gehabt haben.«

Joseph warf ihm kurze Seitenblicke zu, die schwer zu deuten waren. Es lag etwas wie Bewunderung darin, gemischt mit Furcht und Neid. Vor allem sprach daraus Erstaunen über Malétras' völlige Gelassenheit.

»Ich begreife, was Sie denken. Es stimmt nicht. Ich versichere Ihnen, daß Sie mich falsch einschätzen.«

Sie kamen an der Terrasse eines großen Cafés vorbei, und Malétras, der so etwas sonst nie tat, bekam plötzlich Lust, sich hinzusetzen. Er ging zu einem Tischchen, ließ sich behaglich in einem Korbsessel nieder, seufzte wohlig, streckte die Beine.

»Setz dich.«

Rose hielt verwirrt inne, wußte nicht, wo sie sich hinwenden sollte, und blieb an einer Straßenecke stehen, um dahinter in Deckung zu gehen.

»Was darf es sein, Monsieur?«

»Für mich ein Bier.«

»Mir auch eins«, stammelte Joseph.

Von Zeit zu Zeit blähte die Brise das gestreifte Sonnendach, unter dem sie saßen. Passanten gingen dicht an ihnen vorbei. Der Schaum schimmerte milchigweiß in den auf braune Filzuntersätze gestellten Gläsern.

»Wieviel willst du?«

»Ich schwöre Ihnen, Monsieur Malétras ... Oh, Verzeihung!«

»Weshalb?«

»Ich habe unabsichtlich Ihren Namen ausgesprochen.«

»Ja, und?«

»Ah, gut ... ich dachte ...«

Er war zugleich beeindruckt und erschüttert. In seiner Verwirrung wußte er nicht mehr recht, was er sagen sollte.

»Vielleicht hatte ich tatsächlich vorübergehend solch einen Gedanken... Es ist schwer zu erklären... Sehen Sie, ich kenne mich... Wenn ich Geld in der Tasche habe, bin ich außerstande, vernünftig damit umzugehen...«

Malétras betrachtete ihn, und der andere versuchte vergeblich, dem Blick dieser fast durchsichtigen Augen auszuweichen.

»Heute kann ich Ihnen gestehen, was ich mir vorstellte... Ich habe schon immer davon geträumt, eine Bierstube zu führen... Nicht einen Luxusbetrieb wie diesen... Immerhin aber ein sauberes Lokal mit fröhlicher Atmosphäre, nett ausstaffiert... Eines schönen Tages, wenn mir etwas Günstiges über den Weg lief, hätte ich Sie gebeten...«

»Hast du dich anders entschieden?«

Joseph ließ den Kopf sinken und stammelte: »Ich kann nicht mehr.«

Dann verstummte er, als hätte er alles gestanden, worauf es ankam.

»Was kannst du nicht mehr?«

Er hob die Augen. Er vermochte nicht zu glauben, daß Malétras diese Frage so gelassen, so naiv stellte.

»Ich kann nicht mehr in Le Havre bleiben.«

»Hast du Angst?«

»Ich habe Sehnsucht.«

Und plötzlich, vor lauter Nervosität seine Finger knetend, bis sie knackten: »Ich habe Sehnsucht nach Lulu.«

Beide schwiegen. Malétras griff erneut nach seinem Zigarrenetui in der Tasche.

»Das wundert Sie, nicht wahr?«

Dann, plötzlich seinen Grundgedanken enthüllend: »Ich weiß nicht, wie Sie das fertigbringen. Als ich von Ihrer Erkrankung hörte, dachte ich ...«

»Was dachtest du?«

»Das wissen Sie doch ... Oder aber ...«

Oder aber, falls Malétras es sich nicht einmal vorstellen konnte, wurde alles noch unfaßlicher!

»Willst du weg?«

»Ja.«

»Wohin?«

»Ich weiß nicht ... Ins Ausland ... Hier vergehe ich vor Sehnsucht nach ihr ... Es wird täglich stärker ... Ich fragte mich, ob Sie überhaupt wieder gesund würden ...«

»Ist dir nie eingefallen, an meiner Türe zu klingeln?«

»Wie können Sie annehmen ...«

»Garçon!« rief Malétras. »Bringen Sie mir Tinte und Feder ...«

Man brachte ihm auch eine rote Schreibunterlage mit Werbedruck, doch er schob sie fort. Sie waren mitten im Stadtzentrum. Zwischendurch erspähte Malétras da oder dort im Gedränge noch immer den roten Hut des Zimmermädchens, das gegen den Passantenstrom ankämpfte.

Er versteckte sich nicht. Joseph wollte seinen Augen nicht trauen. Er schlug sein Scheckheft auf einer freien Ecke des Tischchens auf, begann das Formular auszufüllen, zögerte beim einzusetzenden Betrag

»Wieviel?« erkundigte er sich.

Und man hatte den Eindruck, daß er gefügig jede beliebige Summe hinschreiben würde.

»Das liegt in Ihrem Ermessen.«

Das Wort frappierte Malétras, der Joseph lange forschend betrachtete, ehe er wieder schrieb.

»Da. Ich habe ihn auf den Überbringer ausgestellt. Die Bank liegt zwei Schritte von hier. Du kannst ihn gleich nachher einlösen.«

Joseph hatte sich nicht getraut, genau hinzuschauen. Er nahm undeutlich 200 000 oder 300 000 wahr. Er hatte es eilig wegzukommen. Er zitterte am ganzen Leibe, wagte aber noch nicht, von seinem Stuhl aufzustehen.

Malétras, der einen tüchtigen Schluck Bier genommen hatte, verfolgte einen neuen Gedankengang:

»Wo ist sie?«

Joseph sah sich schuldbewußt um, raunte ihm dann zu: »Sie brauchen nichts zu befürchten.«

»Was hast du mit ihr gemacht?«

»Ich habe sie allein nicht wegschaffen können.«

»Natürlich.«

»Ich wollte mich aber auch nicht der Willkür eines anderen aussetzen.«

»Also?«

»Ich mußte sie zerteilen.«

»Ah!«

Malétras betrachtete ihn aufmerksamer denn je, mit kalter Neugier. Es war eigenartig. Joseph mochte diese Dinge vielleicht voll Grauen erwähnen, doch er wirkte dabei weniger rührselig als vorher.

Sogar ihren Namen brachte er über die Lippen. Er ertrug auch die Erinnerung an die ungeheuerliche Szene. Die konkreten Einzelheiten beeindruckten ihn nicht mehr.

»Ein Teil ist in einem der Hafenbecken und ein Teil in einem anderen … Das gefährlichste Stück war der Kopf …«

»Nun?«

»Als ich nach Nizza reiste, hatte ich ein paar Stunden Aufenthalt in Paris … Sie verstehen … Auf diese Weise, auch wenn ein Teil gefunden wird … Ich bin bis zum Saint-Martin-Kanal gegangen.«

Seine Zigarre fehlte Malétras in diesem Augenblick wirklich stark. Er nickte zum Zeichen, daß er begriffen hatte, daß es ihm genügte.

»Sie wollten Bescheid wissen.«

»Danke.«

»Ich werde zweifellos nach Amerika ausreisen.«

Malétras betrachtete das Gedränge der Passanten, und der andere wußte nicht, wie sich verabschieden.

»Ich habe getan, was ich konnte …«

Eine Frage brannte ihm auf den Lippen. Er fand keinen Weg, sie taktvoll zu stellen. Immer noch musterte er verstohlen den Mann, der ihm gegenübersaß.

»Sie … Sie bleiben in Le Havre?«

Malétras hatte verstanden. Er nickte bloß. Dann rief er den Kellner.

»Was schulde ich?«

»Vier Francs, Monsieur.«

Er zahlte, suchte in seiner Westentasche nach fünfzig Centimes als Trinkgeld.

»Dann sage ich Ihnen adieu.«

Schon im Stehen neigte Malétras kurz den Kopf zum Zeichen, daß damit für ihn die Sache erledigt war und daß sein Gefährte gehen konnte. Man hätte meinen können, daß er schon nicht mehr an ihn dachte.

»Ich versichere Ihnen, daß Sie nichts mehr von mir hören werden ...«

»Adieu.«

Und Malétras nahm in aller Ruhe seinen Platz in der Menge ein, die den Gehweg entlangzog. Joseph verharrte noch eine Weile und blickte ihm nach, in der Erwartung, daß er zurückschauen würde, doch er wandte sich nicht um, und Rose verschwand in einer Seitenstraße.

Man sah ihn wieder zur Aperitifzeit im ›Cintra‹. Am ersten Tag eilte ihm Émile, der Kellner, strahlend entgegen, den Mund voll freudiger Begrüßungsphrasen, und Malétras sah ihn an. Er sah ihn ganz einfach an, kalt, wie er alle Leute ansah, und der Kellner verzog sich gesenkten Haupts zur Theke.

Eines Tages wäre auf der Rue de Paris beinahe ein eilig daherkommendes junges Mädchen über seine Füße gestolpert. Als sie den Kopf hob, um sich zu entschuldigen, erkannte sie ihn und lächelte, zögerte erst ihn anzusprechen und meinte dann doch, ihm wenigstens ein kleines Zeichen des Wiedererkennens geben zu müssen. Es war Martine.

Auch er hatte sie erkannt. Er hatte sie angesehen. Genau so, als wäre sie ein Objekt, ein Stuhl oder ein Gasleuchter.

»Ach, übrigens, Madame Maria, ich bin diesem Monsieur begegnet... Sie wissen doch... Dem, der...«

»Er ist gestern hier am Haus vorbeigekommen.«

»Hat er Sie gegrüßt?«

Man sah es Marias Gesicht an, daß er sie nicht gegrüßt hatte, sondern bloß angesehen, auch sie.

»Ich war ganz entgeistert.«

Er kehrte einmal, ein einziges Mal, zu den Poineaus zurück; lediglich, um anzukündigen, daß er zwar sein Geld in dem Geschäft ließ, sich im übrigen aber nicht mehr persönlich damit abgeben wollte.

Man sah ihn dahinspazieren, sich auf Caféterrassen niederlassen und manchmal stundenlang dortbleiben oder auf einer Bank sitzen, an der Sonne, am Meer oder auf einem Platz, irgendwo.

Hermine ängstigte sich vor ihm, das war ihm bewußt. Sie kam oft mit Verel zusammen. Im ›Cintra‹ beobachtete ihn Verel, so wie man einen Kranken beobachtet.

Malétras wußte das alles. Sogar, daß seine Tochter und seine Frau sich versöhnt hatten. Die Sorge brachte sie einander wieder näher.

»Was meint Verel?«

»Er sagt weder ja noch nein...«

»Glauben Sie, daß tatsächlich etwas vorgefallen ist?«

»Warum sonst hätte er diesem Mann zweihunderttausend Francs zugesteckt?«

»Sie haben ihn nie wiedergesehen?«

»Nie. Aber in den Bankabrechnungen bin ich auf andere Vorgänge gestoßen, die mir unerklärlich sind.«

»Mein Mann hat mir gestern gebeichtet, daß mein Vater sich einmal Geld von ihm borgte.«

Man ging allzu rücksichtsvoll mit ihm um. Es war lächerlich. Man überhäufte ihn mit kleinen Aufmerksamkeiten, wie einen Kranken. Man folgte ihm durchs Fenster mit den Augen, wenn er ausging. Sobald er länger allein in einem Raum blieb, wurde Rose ausgesandt, um nachzusehen, was er trieb.

Nichts davon entging Malétras, doch es war ihm gleichgültig. Er trug seine Welt mit sich herum. Auf jeder Bank, jedem Stuhl einer Caféterrasse konnte er sich absondern, sogar ohne die Augen zu schließen. Er brauchte keine Fliege mehr. Willkürlich konnte er sich in eine Art Dämmerzustand versetzen, den alsbald Klänge, Farben, Gerüche belebten ...

»Ein Sträußchen, Monsieur?«

Es war gegen Ende Juni oder Anfang Juli. Am Vorabend war ihm berichtet worden, daß Gancel im Sterben lag.

»Werden Sie ihn nicht besuchen?« hatte Hermine ihn gefragt.

»Nein.«

»Als Sie selber krank waren, ist er gekommen.«

Er hatte nichts erwidert.

Er saß auf seiner bevorzugten Terrasse, in der prallen Sonne. Er starrte vor sich hin, ohne etwas zu sehen. Um ihn herum waren Leute, man unterhielt sich, doch er hörte nur die Stimme der Blumenhändlerin.

»Ein Sträußchen, Monsieur?«

Er hätte anfänglich den Duft, den er einatmete, nicht identifizieren können. Undeutlich nahm er weiße, rote und rosa Blumen wahr. Er rührte sich nicht. Doch im nächsten Augenblick war er auf einem beschwerlichen Weg ins Unbekannte begriffen, fand sich in einem Garten liegend wieder, im schimmernden Gras, und ganz nahe, dicht neben ihm breitete sich ein Beet voll Nelken aus, flirrend von summenden Bienen.

Das war acht Tage vor seiner ersten Kommunion gewesen. Jeden Nachmittag war er zum Pfarrer gegangen, der ihn im Garten des Pfarrhauses empfing. Auf der anderen Seite des Nelkenbeets öffnete sich dunkel und kühl in der steinernen Mauer der zur Sakristei führende Gang, und der Geruch von Weihrauch vermischte sich mit dem Duft der Blumen.

Weshalb wohl hatte er damals, lang ausgestreckt in der Sonne, vor Glück weinen müssen?

»Monsieur, ist der Platz frei?«

Er antwortete nicht, und man schien anzunehmen, er sei eingeschlafen. Er hörte, daß man Gläser auf das Tischchen stellte, doch vor allem hörte er die Bienen, die von einer Nelke zur anderen summten, hörte das Harmonium.

»Gancel ist gestorben«, eröffnete ihm seine Frau, als er abends nach Hause kam. »Ich kam gerade an, als der Priester zur letzten Ölung eintraf.«

Er wohnte dem Begräbnis bei. Das Totenamt wurde in der Saint-Séverin-Kirche abgehalten, wo eines der bunten Glasfenster ein funkelndes Feuerwerk veranstaltete.

Malétras ging täglich spazieren, mit kleinen Schritten. Er war stark abgemagert, nahm weiter ab. Seine Weste hing schlaff über seinem Bauch.

Wieder einmal war es Eugénie, die ihn verriet.

»Madame wird es gewiß nie glauben! Gestern, als ich auf dem Markt war, sah ich Monsieur, der...«

»Nun, Eugénie?«

»Ich sagte ja schon, daß Madame es nicht glauben wird. Ich habe Monsieur die Saint-Séverin-Kirche betreten sehen. Ich war so verdutzt, daß ich ihm nachgegangen bin. Es war sonst niemand in der Kirche. Nur er! Ganz allein, auf der rechten Seite, in der Nähe eines Beichtstuhls.«

Am folgenden Sonntag ging er zur Messe.

Im Herbst stand er wieder um sechs Uhr morgens auf, wie früher, und er besuchte jeden Tag die Frühmesse. Er verheimlichte es nicht, tat es aber auch nicht auffällig. Er blieb derselbe, friedfertig, unbeteiligt.

Eines Abends murmelte Hermine, bewußt lächelnd, um ihn zu ermutigen:

»Ich wußte doch, daß Sie am Ende noch an Gott glauben würden.«

Er sah sie an, sagte bloß:

»Nein.«

Dann wandte er ihr den Rücken zu, beschäftigte sich mit etwas anderem.

Hermine starb fünf Jahre später. Malétras überlebte sie um sieben Jahre, in denen er in dem großen Haus in der Rue de la Commanderie, in dem die meisten Zimmer geschlossen blieben, nur Eugénie in seinem Dienst behielt. Sie haßte ihn nach wie vor.

Saint-Mesmin (Vendée), 12. Mai 1943

Das Gesamtwerk
von Georges Simenon
erscheint im
Diogenes Verlag

»Da lesen ihn Hausfrauen und die experimentellen Lyriker; es lesen ihn die Stenotypistinnen und die Mythenforscher, die Automechaniker und die Atomphysiker... ja, ich kenne Texteverfasser von höchster Esoterik, die, wenn sie einmal ein Buch lesen wollen, ein richtiges Buch, Simenon lesen und nichts als Simenon, jede Zeile von ihm...« *Alfred Andersch*

»Er ist der beste Krimi-Autor unserer Tage. Er hat etwas von Edgar Allan Poe.« *Dashiell Hammett*

»Simenon erinnert mich an Čechov.«
William Faulkner

»Ich lese jeden neuen Roman von Simenon.«
Walter Benjamin

Verlangen Sie unseren ausführlichen Katalog bei Ihrem Buchhändler.

Stanley G. Eskin

Simenon

Eine Biographie

Aus dem Amerikanischen
von Michael Mosblech

Stanley G. Eskins Biographie stützt sich auf Gespräche mit Simenon, mit Verwandten, Freunden, Verlegern des Autors sowie auf das riesige, erst bruchstückhaft erschlossene Material des Simenon-Archivs in Lüttich. Eskin gelingt es, Lücken und Widersprüche in den autobiographischen Werken *Intime Memoiren* und *Stammbaum* genau zu durchleuchten und vielfach auch zu schließen und damit eine überzeugende, kritische und spannende Biographie des erfolgreichsten Schriftstellers des 20. Jahrhunderts vorzulegen.

»Ich konnte nie glauben, daß Simenon wirklich existiert. Seine ungeheure Produktion, mein immer neues Staunen über die Vollkommenheit seiner Erzählungen, die psychologische Genauigkeit seiner unendlich vielen Figuren, die Eindrücklichkeit der Landschaftsbeschreibungen vermittelten mir stets das Bild eines hinreißenden Schriftstellers, das aber so ungreifbar und unbestimmt blieb wie etwa das Bild des Frühlings, des Meeres, das Bild von Weihnachten – Bilder, die man mit Vergnügen und unbewußtem Wohlbehagen in sich aufnimmt und erlebt, ohne daß sie imstande wären, die Begriffe in ihrer Dinghaftigkeit und Identität vollständig zu verkörpern.« *Federico Fellini*

»Eine hervorragende Würdigung von Simenons Werk und Ästhetik... Stanley G. Eskin legt hier eine ausgezeichnete Biographie zu Simenons Leben und Werk vor, die es verdient, von allen Maigret-Fans verschlungen zu werden.« *Modern Fiction Studies*

»Mit Sicherheit das umfassendste Werk, das je über mich geschrieben wurde.« *Georges Simenon*